갱들의 어머니

트리플

갱들의 어머니

김유림 소설

19

TRIPLE

차례

갱들의 어머니

오늘 기영을 만나고 돌아와서는 「갱들의 어머니」라는 소설을 쓸 수도 있겠다고 생각했다. 그러나 기영을 만난 것과는 무관하다. 산문을 쓰는 것과 소설을 쓰는 것이 다르고 소설을 쓰는 것과 시를 쓰는 것이 다른 것은 인지상정. 그리고 그 인지상정의 문제로 말미암아 내가 「갱들의 어머니」라는 소설을 쓸 수도 있겠다고 생각한 것은 또 다른 문제다. 문제라는 건, 내 생각에 문제라는 건 큰 것이 아니고 작은 것이다. 그런데 문제가 뭐냐면, 이라고 상대방이 운을 띄우면 조금은 긴장하게 되지만 대부분 그 문제라는 게 정말 문제라서 문제라고 불리는 것은 아니다. 오늘은 그런 생각을 했다. 어쨌든 돌아와 샤워를 하고 몸을 닦고 귀를 파고 머리를 말리면서 문득 「갱들의 어머니」라는 소설을 쓸 수도 있겠다고 생각했다.

그 생각을 하던 바로 그 순간에는 갱들을 느낄 수 있었다. 난 갱들이 누구인지 알아. 난 갱들이 누구인지 바로 이 자리에서 — 드라이기로 머리를 말리면서도 — 하나하나 짚어낼 수 있다. 너. 너. 내 머릿속에 떠오른 건 오직 두 사람뿐이었지만 그 외에도 수많은 갱들이 있으리라. 내 머릿속에 떠오른 그 두 사람이 나라는 작가에게 무한정의 신뢰를 보내는 것은 내가 그들의 어머니기 때문이라는 확신이 들었다. 물론 나는 어머니가 무엇인지 모른다. 그리고 어머니가 어머니가 무엇인지 알리라고 생각하지 않는다. 어머니는 눈 뜨고 보니 결혼한 상태였고 그 이후 내가 나타나더니 그들의 작은 보금자리를 기어 다니고 있었다고 말한 적이 있는데, 그는 매우 멍한 표정으로 그 당시의 풍경을 눈앞에 그려보고 있었다. 도망치고 싶은 충동을 참아야 했다는 말을 참았던 것이리라. 나는 결혼을 앞두고 정신이 없는 동생에게 거드름을 피우며 야 우리 엄마가 우리의 엄마인 건 엄마 인생에 딱 한 번뿐인 거야 엄마는 엄마인 게 처음이니까 힘들 거란 말이야라는 식의 말을 했다. 글쎄, 그런데 정민은 이 예복이 낫다고 했는데 다시 입어보니 잘 모르겠다고 누나가 보기엔 어떻냐고 동생이 말을 해서, 말을 해서 더 외로운 느낌이 들었다. 나는 너보다 먼저 태어나서 부와 모의 첫 손길을 고스란히 받아낼 수밖에 없었던 나의 외로움을 어느 정도는 아는 척해줄 수 있지 않느냐고 말하고 싶었다. 그러나 이대로 말한 건 아니고 조금 덜 직접적인 방식으로 말했다. 그러니까 나나 우리의 엄마는 어머니라는 게 되리라고 생각해서 어머니가 된 것이 아니라 그냥 그렇게 된 것이고 나나 우리가 엄마를 엄마로 만든 것이다. 내가 너의 어머니와 어머니를 공유하지만 나도 너의 어머니일 수도 있는 거야. 그런 생각을 그렇게 진지하고 슬프게 하는 건 아니지만 정말 맞는 말이라서 때때로 떠올린다는 거야. 어쨌든, 그러니까, 모르는 상태에서 갑자기 진입하는 모든 이름이 우리가 우리인 유일한 방식이라면 나는 모든 이름이었고 모든 이름인 상태이며 또, 또다시 모든 이름이 될 것인가. 거기까지 생각이 미쳤을 때, 내 왼쪽 어깨에서는 파열음이 나고 있었다. 나는 빠지고 남은 한 줌의 머리를 말리면서 이 생각을 잊지 말아야겠다고 다짐한다. 이 머리는 내 머리, 내 머리가 될 수도 있었던 머리, 머리는 머리카락이지만 머리카락은 머리가 아니다. 누나는 탈모가 온 게 아니라 그냥 신경이 예민해서 보는 것에도 보이는 것에도 지나치게 큰 의미를 두는 것뿐이라고, 비뚤어지거나 탈락되는 걸 매번 신경 쓰면 신경이 더 예민해지는 법이라고 동생이 말했지만 나는 알고 있다. 나에게 동생 결혼 전 우울증이 온 것이다. 이 정신건강의학과적 소견이 머리를 말리는 짧은 시간 안에 이토록 길고 상세하게 발전했다고 단정하긴 어렵지만. 그러나저러나 나는 정상이 아닌 머리털을 매만지면서 이 와중에 떠오르는 이런저런 생각을 글로 받아 적으면 그것이 시, 산문, 소설 중 무엇이 될 것인지를 가늠해본다.

내가 생각한 갱들의 조건은 내가 생각한 것이기 때문에 내게는 너무 명확하지만 말로 하자니 무척 어렵다. 나는 내가 실제로 갱들의 어머니가 될 것이라 예상한다. 될 것이라 예상한다, 는 문장을 마치기도 전에 나는 이미 갱들의 어머니라는 걸 예감한다. 예상과 예감은 그래서 다르고. 나는 금연 중이지만 담배를 피우고 싶다. 이것을 발전시키면 시간에 대한 의식을 혁신적으로 바꿀 수도 있을 것이다. 내가 머리를 말리며 감지한 제2의 평행 우주 인생에서 나는 늙다리가 되어 깨닫는다. 내겐 갱들을, 일반 시민으로 위장한 채 시민사회에서 능청스레 살아가는 갱들을 식별해내고 거둘 만한 소양과 재능이 있다는 것을. 성별 구분이 무의미한 어마어마한 고령이 되어서도 나는 여전히 섹스가 하고 싶지만 그건 그냥 섹스를 하고 싶은 것뿐이어서 그 욕망은 내가 타인에게 매력적으로 비치느냐의 문제와는 큰 연관성이 없는 것 같다. 왜 눈물이 흐르지? 나는 집에서 티브이를 보다가 늦은 오후에는 급작스레 밖으로 나가기도 하는데, 그 정도가 제2의 내가 하는 규칙적인 산책 겸 운동이다. 그저 벤치에 앉아 있으면, 어느새 갱들이 나타난다. 그들은 내 앞에서는 안심하고 경계를 푼다. 갱들을 일반 시민으로부터 구분해주는 표지는 하나가 아니라 여러 개지만 그것들은 그다지 신뢰할 만한 표지가 못 된다. 왜냐하면 신뢰할 만한 어떤 특징도 갖추지 못한 채 구전(口傳)되어왔을 뿐이니까. 그리고 구전에 일조한, 그러니까 입을 보탠 이들은 하나같이 갱이었을 테니까. 그들은 시민들 사이에서는 눈에 띄지 않는 평범한 인물들일 뿐이다. 그러나 내게는 그들이 보인다. 검게 색칠된 형상으로 다가온다. “그들이 평범함을 단련하면 단련할수록 그들의 어두움은 짙어져서 밝은 배경에서는 그 대비가 상당하다.” “사회가 밝기만 했다면, 사회라는 게 밝기만 한 성격을 띠었다면, 갱들은 숨어 지낼 수 없었을 것이다.” “이러한 어슴푸레한 흐릿함의 두드러진 약진 속에서도” 얼굴만은 또렷하게 식별이 가능해서 이름을 붙여줄 수도 있다. 하지만 목 아래는 검은 망토를 두른 듯 윤곽이 불명확하다.

몇몇 갱들이 용기를 내 내가 앉아 있는 벤치로 다가온다. 어쩔 수 없어. 어쩔 수가 없는 거야. 너희도 내가 갱들을 식별해내는 능력이 있다는 걸 본능적으로 아는 것이다. 캬캬. 난 음절 단위를 의식하며 정확히 웃는다. 캬와 캬가 그들에게 가 박히도록. 이 장면에서 나는 사람보다는 마귀에 가깝다. 그들을 조종할 줄 아는 강력한 마귀 섹스 존재다. 그들은 조종당할 것을 알고 찾아온다. 그것은 운명이다. 운명이라는 게 존재해서 운명을 믿는 게 아니라 운명이 찾아오기 때문에 운명을 받아들이는 것이고 운명이 찾아오더라도 운명이 운명이 아닐 운명이라면 운명이 아니다. 그렇지만 나는 운명이 운명이라는 걸 받아들이기 때문에 어머니인 걸지도. 캬캬.

나는 검은색 가죽 재킷을 입고 레이스로 마감 처리가 된 치마를 입고 있었다. 이렇게 신경 써서 옷을 입은 게 오랜만이라 어색함에 몸서리를 쳤던 게 아니다. 머리도 다 빠졌는데 복격(服格)에 지나치게 얽매인 거 같아 부끄러워했던 것이다. 오랜만에 만난 두 사람은 무슨 소리냐고 머리에서 광이 난다고, 광의 원천이 너의 (글 쓰는) 머리인지 (머리에 매달린 단순) 머리카락인지는 모르겠지만 광이 난다고 말해주었다. 고마워. 나는 마음에도 없는 말을 내뱉고는 괴로웠다. 그런데 그게 무슨 말이냐고 되묻자 그들은 갑자기 말을 잃었다. 머리털이 없어서 빛이 난다는 걸 다르게 표현한 것뿐이지 않느냐고 내가 눈에 노기를 띤 채 중얼거리자 제이미는 기영이 요새 정신착란으로 병원에 다니는 걸 알고 있냐며 화제를 바꾸었다.

새로 찾아온 갱 둘도 말이야. 어. 그들은 그들이

뭘 입었는지 개의치 않는다? 그런 이유로 내 눈에도 걔들의 옷이 안 보이는데 그렇다고 걔들이 벌거벗은 것은 아니야. 그냥 뭐랄까. 몸이 있는데 몸이 투명한 것도 아니고 안 투명한 것도 아니고 목 위만 선명하고 그렇다. 걔네는 재킷이 아니라 재킷 같은 걸 입고 맨날 앉아 있다. 앉은 채로 걸어 다닌다. 꿇어앉은 채로 걸어 다닌다. 무릎으로 걸어 다닌다. 캬캬. 그게 정상적인 사회에서 용납이 되는 행동거지인가 싶지만 그 순간 주위를 둘러보면 그 거리의 모두가 그렇게 반(半)만 서 있다. 반만 걸어 다닌다. 미어캣이나 잘 자란 버섯처럼. "미어캣이 반만 서 있는 동물이라는 게 아니라 몸을 아무리 꼿꼿하게 세워봐도 귀여운 미어캣처럼 보인다는 거지." 잘 자란 버섯처럼. 무릎이 발 대신이고 발이라고 붙어 있던 건 퇴화 직전이다. 그리고 재킷이 아닌 재킷은 재킷과 거의 비슷하지만 분명 다르다. 윤곽이 뚜렷한 것 같기도 하고 아닌 것 같기도 하다……. 그러나 분명 재킷과 구별이 된다. 재킷과 재킷의 구별이 제일 중요한 것 같기도 하고……. 잘 모르겠다. 재킷은 그저 재킷일 뿐이다. 제이미가 기영의 근황에 대해 주절거리는 걸 듣는 도중에도 내 눈앞을 아른거리는 걔들에 대한 인상과 생각을 메모하지 않고, 뇌력(腦力)으로만 모든 걸 기억하기 위해 나는 필사적으로 노력했다.

돌은 나의 추종자고 나 이외의 다른 사람에겐 보이지 않는다. 현실을 생각하자 팬티와 정수리가 축축해진다. 지나치게 섹시하다는 죄목으로 잡혀가면 나의 모자란 소설이나 시는 누가 돌봐주나, 그런 생각에 오싹해진 것이다.

정신 차리고 기영의 정신착란에 대해 들어보라고, 유례없이 올곧고 다정하여 문단의 정신적 지주였던 사람이 한순간에 그렇게 된 게 너무 쓸쓸하고 허망하다고 고진이 말했다. 내가 보고 있는 걸 제이미와 고진이 볼 수 있었다면, 나에게 정신을 차리라는 말은 하지 못했을 것이다. 그러나 어쩌겠는가. 그들은 일반 시민일 뿐인데. 그들은 손을 마구 휘두르거나 가슴에 손을 얹음으로써 감정 표현을 한층 강화했으며 숨을 과격하게 들이마시고 내쉬더니 어느 순간엔 아예 숨을 쉬지 않고 감정으로만 몸을 지탱하는 것처럼 굴기도 했다.

잘했어, 잘했어, 나는 손으로 그들의 어깨 부근을 가볍게 두드려 보임으로써 '나도 사람'이라는 신호를 자연스럽게 송출했다.

갱들은 사람인가?

갱들은 실존하는 두 작가다. 두 작가의 복사본들이 돌아다니기도 한다지만 나를 찾아오는 건 진짜 소설가와 진짜 평론가 겸 시인이다.

그러고 보면 나도 그런 상태. 굴복하려던 건 아니고 그냥 아주 조금 예의를 차리려고 했을 뿐인데 어느새 심하게 역겨운 인간적인 태도를 취하고는 망연자실해진 상태다. 그렇다. 나는 인간이고 인간적이다. 인간적인 상태다. 제이미는 평론을 써볼까 한다고, 그게 그나마 덜 수치스러운 글쓰기인 거 같다고, 이제는 역발상의 역발상에서 돌파구를 찾아야 한다고 했다. 난 내가 그렇고 그런 할머니라는 게 때때로 믿기지가 않지만 어쨌든 내겐 갱들이 찾아오니까 그들의 복사본까지도 보이는 것이라고 말하지는 않았고, 당연히 이러한 개인적인 체험을 글쓰기의 괴로움에 빗대어 우회적으로 전달했다. 이를 들은 제이미와 고진은 역시 천재 작가는 달라도 다르다며 매우 흥분했다. 그들은 그들대로 각자의 개인적인 체험을 떠올릴 수밖에 없었던 것이다. 그들은 술을 한 병 더 시키더니 손으로 자기 이마를 치거나 책상을 내리치는 등 소란을 떨었다. 할머니라니. 나는 그들을 그들대로 흥분하게 놔둔 뒤, 이어지는 내 생각으로 돌아갔다. 나는 내가 할머니라는 사실에 매우 흥분해 있었었다. 나는 분명 어머니지만 어머니라기엔 나이가 조금 더 들었다. 그렇게 자손 번식과 상관없이, 혹은 자손 번식은 실재하지 않음에도 불구하고 특정 나이를 넘어섰기 때문에 어머니에서 할머니로 진화하는 것은 무엇인가? 나는 지금 어머니를 건너뛰고 할머니가 되는 삶에 대해서 말하고 있다. 어머니가 어머니가 되리라고 생각해서 어머니가 된 것이 아니고 할머니가 할머니가 되리라고 생각해서 할머니가 된 것이 아니므로 내가 아이를 낳지 않기만 하면 할머니는 그저 어머니의 어머니로만 남을 테니 어머니와 어머니가 두 명이 되는 것이다. 어머니는 오직 한 분뿐이라는 시민사회의 상식이 꼭 맞지만은 않다는 걸 알 수 있다……. 하지만 동생이 결혼해서 아이를 데려온다면, 모든 게 제2의, 제3의, 제n의 평행 세계와 동일해지리라는 걸 알 수 있다. 거기서도 나는 할머니라기엔 매우 점잖지 못해서 욕구가 넘친다. 이게 무슨 소리야? 걔들은 나의 말하기에 의문을 표시하지만 그래도 내가 귀엽다는 표정이다. 걔들은 말이죠, 걔들에겐 사실 귀여워할 대상이 필요한데요. 그 귀여워할 대상이 충분히 귀여운 동시에 자신들을 확실하게 리드할 줄 아는 컨트롤러이길 바란다. 더 잘나길 바란다. 그럴 거라고 걔들의 어머니인 내가 벤치에서 생각하는 것이다.

그런데 기영 씨가 대체 무슨 짓을 했길래 그래요?

그게, 아니라, 대체, 무슨, 짓, 이 중요한 게 아니라 기영 씨가 했다는 게 중요하다고 그들이 합창했던 것 같다.

머리를 밀고 다니니까 대머리 티도 안 나고 좋다고 말할 것.

제이미와 고진을 만나러 나가기 전날 쓴 일기다.

"나는 진짜 내가 아니라 가짜 나다. 머리를 말리고 거울을 볼 때마다 확신하길. 나여, 헤어라인이 뒤로 밀려나는 나는 내가 알던 내가 아니다. 필사적으로 여유로운 표정을 지어봐도 이마가 넓으니 소용없다."

아무리 웃어도 웃는 표정 뒤로도 시선이 한참 올라가니까 상대의 맞웃음이나 호의는 그 여백을 따라

퍼져나가고 기화된다. 그렇게 결론을 내려서 누나가 얻는 게 뭔데, 동생이 밥을 사주며 말했다. 맛있다, 맛있다, 생선 맛있다, 맛있다고 생각하면 맛있다. 대구살, 대구살, 아무 맛도 없으니까 더 맛있고, 아무 맛도 없으니까 부드러워서 사라진다. 맛있다.

누나가 어머니는 아니다. 나도 그건 알지. 그런 말이 목구멍까지 올라왔지만 나는 이미 가짜 나니까 나를 위해 항변할 필요가 없다고 가짜인지 진짜인지 모를 나 자신을 달랬다. '나'는 인내심이 있는 편이었다. 단순하다. 그들은 나를 어머니라고 여기고 싶어 하고 그렇기 때문에 내가 어머니가 된다. 물론 난 (결혼을 안 했다는 의미에서) 자유롭다. 세상에, 사실 난 갱들이 누군지 모르는 게 틀림없어. 왜 날 찾아왔는지도 모르는 거야. 하지만 그들이 어렴풋이의 세계로부터 왔다는 걸, 아스라한 어머니가 아닌 실재하는 어머니를 찾아서 여기까지 왔다는 걸 나는 안다. 나는 나에게 사기를 친 걸까? 그런, 그런, 그런 정도까지 머리를 말리며 생각해냈던 건 아닌데. 그러나 그 모든 걸 이미 다 느끼고 알고 있다.

갱들이 찾아왔을 때, 나는 인생을 새로 얻은 참이었다.

벤치에서.

그곳은 확실히 서울은 아니었다.

동생 회사 근처에서 점심을 얻어먹고 집으로 돌아와 빈둥거리다가 엄마에게 전화를 걸었다. 엄마는 잘 먹고 잘 자고 좋은 생각을 하면 낫는다는 말조차 내게 해주지 않고 숨을 죽인 채 나의 한탄을 듣고 있을 뿐이었다. 요새 체화한다는 걸 체화하고 있는데 그렇게 하는 데 익숙해지려면 얼마만큼의 시간이 걸릴지는 모르겠다. 하지만 난 돈벌이를 하고 있고 국민연금도 넣기 시작할 거다. 그렇게 말할 수는 없었다. 이와 비슷하지만 똑같지는 않은 말을 해서 엄마를 안심시키려고 했지만 엄마는 최고 수준의 물증을 내밀지 않으면 현실을 믿지 않는 병에 걸린 듯했다. 의심하지 마, 엄마, 딸을 의심하지 마. 엄마는 엄마의 딸이고, 엄마의 엄마도 엄마의 딸이잖아!

벌써 제2의 나는 나 자신으로 지내는 데에 극도로 만족한 상태다. 그 상태가 통달의 상태로 읽히기 때문일까. 나는 통달에 관심이 없는데 통달에 미치는 갱들은 내 옷자락을 붙들고 인생에 집착한다. 왜냐하면 나인지 어머니인지 할머니인지가 섹시한 데다 인생사뿐만 아니라 가짜 인생사에도 통달했기 때문이다. 무엇에 통달했다는 거야, 호호호. 이번에는 호호호 웃는다. 자상해서 괴로운 주인공이고 싶다. 시리즈물의 주연이고 싶다. 그럴 때면, 갱들은 아이보다는 성체(成體)에 가깝다. 갱들은 매번 얼굴이 바뀌지만 매번 정확히 같은 사람이다. 사람이 전혀 아니지만 사람일 수밖에 없다. 이런 시답지 않은 문장도 갱들은 좋아한다. 좋아한 나머지 팔뚝에 레터링 문신을 새긴다. 내가 나를 따르는 갱들의 이미지를 대표하는 두 사람으로 제이미와 고진을 언급하는 건 과거의 두 가지 사건 때문이다. 어느 날 나는 핵심을 흘렸다. 그들은 별말이 없었다. 그들은 침묵했다. 나와 제이미, 고진은 택시를 타고 강북구 미아동으로 이동하고 있었는데 갑자기 내 마음속에서 무서운 자기 추종의 불길이 솟아났던 것이다. 그 불길이 어떤 방식으로 꺼졌는지는 잘 기억나지 않는다. 나는 취한 상태였다. 이후에 그들은 그들이 나를 무한정 신뢰하고 또 신뢰하기는 하지만 자기들을 김유림 씨의 추앙자로 여기는 건 곤란하다고 했다. 그런 식의 말을 흘렸다. 그리고 그런 식으로 소설을 쓰면 곤란하다고도. 어쨌든 나를 신뢰하는 것도 맞고 신뢰한다고 말하는 것도 맞다. 그 말이죠? 내가 확실히 말해달라고 조르자 제이미는 한숨을 쉬더니 전화를 끊어버렸다. 하지만 진짜 나를 잠식한 또 다른 나는 제이미가 전화를 끊더니 벤치 너머에서부터 모습을 드러내더라고, 그러더니 나를 조심스레 안아주고 달래주더라고 속삭인다. 무릎을 꿇고 초롱초롱한 눈으로 양복 상의에서 책을 꺼내어 선물하기도 했다고. 두 가지를 동시에 하기가 쉽기는 해도 썩 내키진 않았을 텐데.

그들을 내보내고, 자리를 정돈한다. 아, 그러다 여기는 실내가 아니라 실외구나, 생각한다. 벤치를 두드려 편 후 그곳에 앉는다. 해가 따사롭구나. 먼지를 턴다. 어깨와 팔에 내려앉은 빛의 무늬를 보다가 자리 정돈까지는 하지 않아도 괜찮다는 눈빛을 한 채 나를 지켜보는 그들을 본다. 그들은 적당히 거리를 둔 채 나를 지켜본다. 그들은 내가 내보내는 즉시 사라질 수 있도록 노력한다. 벤치 너머를 서성이다가도 신호를 주면 얼마 안 되어 행인들 사이로 섞여든다. 그러나 내가 그들을 진심으로 필요로 하면 얼마 안 되어 돌아온다. 돌아올 것이다. 그러나 모든 게 내 착각이라면? 난 잘못된 시간을 살고 있는 것 같다. 어쩌면 잘못된 추측을 하고 있는 걸지도. 그래도…… 어쨌든 시간이 필요했다. 시간을 버티고 버텨내서 할머니라고 불리는 어머니가 되는 것도 나쁘지 않다고, 그게 사실 나의 운명이라고 생각했다. 그래, 나쁘지 않아. 그래요. 그래요. 나는 쓸쓸하지만 그렇다고 누군가의 어머니가 되고 싶지는 않았다. 그런데 갱들의 어머니가 되고 만 것이다. 갱들이 누구누구인지도 모르는 어머니라니. 제이미도 고진도 아니라면 그들은 어디에서 무엇을 하는 누구일까.

나는 너무 울어서 눈이 부은 채로 잠에서 깼다. 베갯잇이 젖어 있었다.

아스라하고 서정적인 꿈은 이 모든 탈모 여정을 소설로 써보라는 계시처럼 여겨졌다. 갱은 부차적인 테마일 뿐이지만…… 제목은 '갱들의 어머니'다.

안경집이 안경집이 되리라고 생각해서 안경집이 된 건 아닐 것이다. 안경집엔 귀걸이를 넣을 수도 있고 샤프심을 넣을 수도 있다. 샤프는 쓰지도 않으면서 왜 들고 다녀. 나의 애인이자 영화 평론가인 기영이 말하길, "그런 기행도 예쁘게 보이긴 하지만 적당히 해, 부담되니까." 나는 집으로 돌아와 필통을 씻어 말리고 필통에 굴러다니던 샤프심 때문에 검게 변한 지우개를 씻겼다. 지우개는 말이 없었다. 물론 물로 씻기지도 않았고.

기영을 만나고 돌아와 씻으면서 내가 나 자신을 좋게도 나쁘게도 보지 않으니까 별달리 할 말이 없는 거라고 생각했다. 예쁘다는 말에 동의할 수 없다. 그렇다고 안 예쁘다는 건 아니지만. 시대정신이 섹시를 강요하기 때문이다. 추접해도 섹시하기만 하면 된다. 섹시하기만 하면 된다. 섹시가 귀여움이고 상냥함이고 훌륭함이다. 쿨하고 재미있다. 할머니조차 섹시해야 한다고 생각한다. 지우개조차 말하길. 나는 흥분해서 손가락으로 두개골을 톡톡 두드렸다.

제이미와 고진에겐 비밀이지만 나와 기영은 갱들에 대해 이야기하다가 애인 사이가 되었다.

친밀감을 쌓았고, 키스로 친밀감을 확인했고, 그다음엔 키스를 섹스로 확인했다. 제이미가 들으면 좋아할 텐데.

나에 대해 좋게 말하는 사람이 있어도 하하, 좋네요, 기쁘네요, 그래요 등의 말밖에 할 수 있는 게 없다. 왜냐하면 나는 나 자신에게 거짓말을 하지 않는 게 제일 중요하기 때문이다. 왜냐하면 그게 제일 어렵기 때문이다. 그런데 그렇다고 내가 나를 잘 아는 건 아니다. 그래서 나는 나 자신과 함께 그럭저럭 관계 개선을 해나갈 수 있을 뿐이다. 이게 연애에 대해 열변을 토하다가 삼천포로 빠진 제이미의 말이었다. 제이미는 첫 소설집을 낸 후 반응을 기다리고 있었다. 무반응이 길어지자 하루가 멀다 하고 나나 고진을 포함한 다른 작가들에게 전화를 걸거나 메시지를 보냈다. 문단에 무슨 일이 생긴 건 아니냐고. 어느 순간부터 아무도 그에게 반응하지 않았고, 그는 전략을 바꿔 연애하고 싶은 소망을 피력하고 다니기 시작했다. 누군가를 소개시켜달라고, 자기가 왜 자기 자신을 좋은 사람이라고 생각하느냐면 자기가 자기 자신을 제일 어렵게 대하기 때문이라고. 자기 자신과의 관계 전선에서 전력을 다하는 사람이라면 연애도 잘하기 마련이다. 인지상정요? 고진은 제이미의 반복되는 레퍼토리를 참고 들어주는 유일한 마음씨 좋은 친구다. 하지만 제이미는 모르고 있어, 고진 작가는 제이미의 말을 듣는 게 아니야, 그냥 대꾸만 해주는 거라고.

기영은 고개를 돌리고 날 응시했다.

왜 그래?

그냥. 그런데 요즘은 갱들 생각이 안 나?

기영은 왜인지는 몰라도 갱들에 대한 이야기를 귓등으로 넘기지도 않았고 미친 이야기라고 몰아가지도 않았다. 오히려 틈만 나면 갱들에 대해 물어봤다. 심지어 섹스도 미루고. 갱들에 대해 말해주면 섹스를 해줄 수도 있지, 라고 말해서 나를 화나게 만들기도 했다. 기영 씨, 기영 씨랑 내가 여기까지 온 게 다 갱들이나 나 자신의 정신적 갱신 능력 덕분이기는 하지만 이제 와서 무슨 소리야?

내가 무슨 갱들의 어머니야?

나는 여기서 미래의 파탄이 도래하였다는 걸 예감하지 못했다. 예감과 예상은 다르다. 파탄을 예감하더라도 예상하지 못하거나 예상하지 않으려고 들면, 예감은 예감에서 그칠 뿐이다. 예상은 한 치 앞을 엇나가지 않는다. 코앞에서 패가망신하는 모습을 볼 수 있다. 이 두 개념에 대해 주절거렸던 기억이 나는데 왜 그랬었는지 나 자신을 이해할 수가 없다. 그것들은…… 그저 삶의 원칙일 뿐이다. 그리고 나는 삶의 원칙에 입각해 굴러갈 뿐이다. 기영과 쪽쪽거리던 삼 개월이란 시간 동안 나는 갱들과 멀어졌다. 때때로 제이미나 고진을 만났다. 그들 둘 사이에서 반복되는 가벼운 실랑이나 살가운 눈빛을 읽어내고 그들의 관계에 미묘한 변화가 생겼다는 걸 알아차렸을 때에도 나에겐 더 이상 갱들이 필요하지 않았다. 어제까지는. 어제까지는 누구를 만나도 나는 나 자신일 수 있었다. 갱들의 어머니가 아니라. 「갱들의 어머니」라는 소설을 짊어지고 다니는 예비 대머리가 아니라 나 자신일 수 있었다. 왜 갱들이 다시 나를 찾아왔을까?

기억하고 싶지 않다.

기억나는 건 갱들이 갱들이고 싶어서 갱들이 되는 건 아니라는 걸 알고 있는 존재라는 것이다. 그들은 원해서 갱들인 것도 아니었지만 그렇다고 안 원하는데 굳이 갱들이 된 것도 아니었다. 그들은 그들이 원했던 건지 안 원했던 건지를 잘 기억해내지 못했다. 난 갱들이 굳이 위장을 하려고 했던 게 아니란 것도 알고 있었다. 그래서 그들은 날 찾아왔을까? 내가 아는 게 많(으면서도 모르)기 때문에? 갱들은 굳이 위장을 벗으려고 하지는 않았다. 잘 길들여진 장화처럼 편안한 위장을 굳이 벗을 필요가 없는 것이다. 나는 수프를 끓이던 참이었다. 누군가가 찾아오리라 예상하지는 않았지만. 언제나 예상을 깨고 찾아오는 갱들의 방문 형식에 익숙해진 나는 깊은 양수 냄비에 갖은 재료를 넣고 수프를 끓여두었다. 나는 다시금 너무 늙었고, 그러나 그래서 강하고 그러나 그래서 초연하지만 초연하기에 초라할 수밖에 없는 그런 형색이었다. 이 모든 문장이 모여 모호하게나마 형체를 이루자 내가 오늘 입고 나온 검정색 아우터가 가죽 재킷처럼 멋져 보였다.

가짜인 나 자신을 생각하면 나 자신에게 더 애착을 느끼게 된다. 거울은 중요하지 않다. 그러나 거울이 세계에 존재한다는 사실은 중요하다. 그 사실 하나만을 염두에 둔 채 보이지 않는 나 자신을 다 늙은 퇴물 취급하면 괴력이 생기고 작은 문제에도 사사건건 혈투를 벌

이게 된다. 나를 찾아온 젊은 갱들에게 이 세계에서 살아남는 방법을 알려주고 싶어진다. 나의 지령하에 젊은 갱들이 시민사회로 나아가서 내가 쓰지도 않은 글을 베껴 쓰고 더 나아가 출판까지 한다면, 나는 내 이름 세 글자를 숨긴 채로도 영향력을 유지할 수 있을 것이다.

무슨 영향력?

기영은 갱들이니 갱들의 어머니니 하는 소리는 지겨우니 그만하라는 표정이었다. 그들, 그들 말이야. 요새는 나를 찾아오는 그들보다도 나 자신에 대해 더 많이 생각하게 된 것 같아. 제2의 평행 세계 인생에서의 나도 이상해. 자꾸 자가 진단을 하거든. 아픈 데도 없는데 다 늙어서 그런지 갱들이 찾아와도 시무룩해. 시무룩하게 있다가도 난데없이 인생 강의를 해버린다니까. 이렇게 죽여라, 저렇게 죽여라, 죽일 게 없으면 없는 대로 죽여라. 그리고 베낄 게 없어도 베껴라. 내가 제1세계에서 쓴 게 없어 보이냐. 그 없는 걸 베껴 써서 지령을 완수해라. 이런 식이야. 그들이 항수에 굶어 죽든 통달에 미쳐서 죽든 내 알 바는 아니라는 식인데…… 그래도 내 눈앞에 안 보이면 궁금할 것 같거든. 내가 횡설수설해도 자기만은 유일하게 내 그걸thing 이해했잖

아. 이해해? 내가 정수리 라인을 따라 로게인 폼을 바르다 말고 고개를 돌렸을 때, 기영은 유튜브로 명상 채널을 보다 말고 잠들어 있었다.

진짜 자는 거 맞아?

나는 검정 재킷을 꺼내 입고 잠든 기영 앞에 서서 중얼거렸다. 나 가야 하는데…… 칼이라도 있으면 좋았을 텐데. 기영이 조용히 하라는 듯 인상을 구기며 몸을 뒤척였다.

그래서 집 나왔어.

무슨 집? 누나 집 없잖아.

집 있어. 지금 쓰는 소설로 상금 타면 그걸로 보증금 할 거야.

거울을 보지 마.

동생은 간단한 문제라는 듯이 답장했다. 거울을 보니까 누나가 정신 나간 듯이 구는 거라고. 그냥 신경 끄고 정상인처럼 살아라, 탈락되면 죽는다, 경기도 가면 죽는다, 다시는 서울로 못 돌아온다, 그냥 서울에서 버텨야 한다, 고 조언했다. 그러면서 덧붙이길 무엇보다 자기 생각엔 (자기 생각이라는 게 어차피 안티-작가를 표명하지만 들어보라며) 거울을 보면서 글을 쓰는 작가는 훌륭해질 수 없다는 것이었다. 작가는 흉측한 몰골이어도 된다는 거냐. 거울을 안 봐도 조깅을 하러 나갈 수는 있지만 그래도 거울은 보고 조깅을 나가고 싶은 게 사람 아니겠느냐. 나도 거울은 보면서 글을 쓰고 싶다. 글을 쓰는 사람은 사람이 아니냐. 해명을 해라. 내가 몰아붙이자 동생은 장문의 답장을 보낸 적 없다는 듯이 침묵했다. 결혼하니까 좋냐?

여전히 답장이 없었다.

답장을 한 적은 있는 거냐? 그렇게 부끄러우면 회사 앞에 오지 말라고 하지 왜 그런 말은 안 하냐? 여전히 답장이 없었다. 나는 엄마가 주민 센터 요가 강좌를 들으러 간 틈을 타서 밥을 차려 먹고 설거지를 했다.

[일기 중에서 재미있는 파트]

① 제이미의 연애론은 더욱 발전했고 고진은 더욱 애틋한 시선으로 제이미를 쳐다보고 있었다. 사귀어라, 사귀어라, 나는 속으로 외쳤다.

② 한의원 원장은 내 이야기를 너무 잘 들어주어서 믿음이

안 갔다. 병력 청취에 그렇게 열심인 사람은 처음이었다. 어릴 적부터 지금까지 앓았던 크고 작은 질환에 대해 한 편의 소설처럼 떠들었는데 그걸 다 적어서 내게 보여준 것이다. 그는 이걸로 소설을 써보는 건 어떻겠냐고 물어서 날 오싹하게 만들었다. 내가 소설가인 걸 어떻게 알았지? 그는 한쪽 고관절이 뻣뻣한 걸 보면 알 수 있다고 했다.

③ 줄기? 줄기가 될 만한 걸 다 잘라버리기.

④ 추적(후장사실주의)과 조망(폴 비릴리오)의 관계.

⑤ 대학 동기와 만나고 돌아와서 씻었다. 자고 일어났다.

⑥ 소설이 안 써지면 시를 써보려고요. 반대가 더 흔하지 않나요. 선보러 나간 자리에선 대머리가 머리(글머리까지도 포함해서인지)로 인해 나에게 동질감을 느꼈는지 끈덕지게 내 작업에 대해 조언하려고 들었다. 섹스나 하고 헤어질걸.

선본 건 어떻게 됐냐고 제미진 커플이 물어보길래 갱들이 나를 찾아왔다 떠나간 일이 아주 오래전 일처럼 느껴진다고 말했다. 그들의 눈이 점점 커졌다. 그래도 내 말을 끊지는 않는 걸 보니 현실과 소설을 착각하는 나를 측은하게는 여기나 보다 싶어서 갑자기 이들에겐 속사정을 다 말해보고 싶은 생각이 들었다. 이들이야말로 제2세계에선 나에게만 충실한 나의, 나만의 갱들이 아닌가. 얼굴과 신원이 확실한 갱들은 그들밖에 없었다. 들어봐라, 세계에 혼란이 가득해도 여기서든 거기서든 시민사회는 여전히 밝고 안전하다. 창문을 열고 거리를 내다보면 가로등이 하나둘 켜진다. 아침인데 이제야 가로등이 켜진다. 아침에도 켜지고 밤에도 켜져야 가로등이다. 이런 세상은 이런 세상대로 그럴 듯하다고 모두가 한편으로는 체념하고 한편으로는 납득한 눈치다. 모두가 서로가 갱은 아닌지 의심하느라 피로하지만 여기까지 와서 눈치를 버릴 순 없다. 눈치가 없으면 시민사회에서 살아남기가 어렵다. 눈치라는 게 사회생활을 돕기는커녕 악화시키지만 그래도 그게 없으면 사람이라고 말하기 어렵죠. 갱의 경우엔 더합니다. 갱은 눈치를 너무 심하게 보고 사는 존재기 때문에 더욱더 시민화되고 있습니다. 시민과 구별되지 않기 위해서지요. 시민과 구별되는 순간 즉각 갱으로 몰려 총을 맞기 때문입니다. 그런 그들이 안쓰러워요. 어느 날엔 신문을 들고 오더라고요. 갱 사회에서만 유통되는 신문이라는데 암암리에 발행되다 보니 구색도 갖추어져 있지 않아요. 어쩌다 한 번씩 비정기적으로 내 손에 들어올 뿐이고요. 그런 건 잡지지 신문은 아니지 않나 하는 생각이 들죠. 어쨌든 잡지도 잡지만의 특색을 가지지 않으면 금세 사라지는 게 오늘의 상식인데 그렇게 특색이 없는 걸 언제까지 계속하려나 싶어요. 그런데도 간간이 그걸 숨겨서 가져오는 걸 보면 갱들도 대단하다는 생각이 듭니다. 그들은 글쎄요, 나를 그들의 어머니나 대모로 생각하는 것 같아요. (웃음을 터뜨릴 타이밍이라 생각한 나는 잠시 그들을 위해 쉬었다.) 왜인지 모르겠지만 나를 믿을 만한 존재라고 생각하는 거죠. 말이 안 되는 생각이라고 그들을 납득시켜서 영원히 떠나보낼 생각도 해봤지만 솔직히, (여기서 나는 울음을 터뜨렸다) 나도 거기서, 그 지점에서 외롭더라고요. 나는 우는 얼굴을 내보인 게 부끄러워져서 그들의 표정을 들여다보았다. 그들은 사랑스러운 커플이었다.

나를 찾아오는 갱들에게 전부 다 마음이 가는 건 아니지만, 그들 중 일부가 (나는 잠시 숨을 참았다가 내쉬며 말했다) 제이미 군과 고진 씨를 닮아서 얼굴 형태가 이 시민사회처럼 명확해요.

다른 갱들은 벤치 근처를 서성이긴 하는데 아무리 시간이 흘러도 벤치 가까이로 오지를 못하거나 오지를 않아. 그런데 어느 때고 발 앞에서 솟아나서 내 눈물을 닦아주거나 소리 소문 없이 내 팔에 기대고 있는 건 지금 눈앞에 있는 자기들(왜 이런 단어를 썼는지 모르겠다)과 무지 닮은 갱들입니다. 갱들은 키가 무지 크지만 키의 반은 땅에 파묻혀 있기 때문에 항상 아래에서 나를 올려다봅니다. 나는…… 나는 섹스 머신이 된 것처럼 다정해져요. 나는 그들의 눈치를 보았다.

하지만 그런 다정함을 절대로 쉽게 내보이지 않습니다. 나는 거기서 통제자 역할이기 때문입니다. 나와 갱들은 서로 말을 한 마디도 나누지 않지만 이미 영원토록 사랑해온 사이입니다. 섹스는 별로 중요한 게 아니지만 그들이 원하면 못 할 것도 없죠. 그러나 핵심은 나—나는 다급해졌다—와 갱들이 서로에게 느끼는 깊은 유대입니다. 나는 그걸 평생에 걸쳐 감지하고 강화해왔습니다. 그로 인해 갱들이 내게로 다가오는 겁니다. 연결 관계가 그들에게는 낯설지만 내게는 익숙해서 낯섦과 익숙함이 교차하는 관계라는 표현이 딱 들어맞습니다. 하지만 그런 표현조차 진부합니다. 나는 이 연결 관계로부터 샘솟는 영감을 이용하여 평생 글을 써온 터라 연결 관계의 이용 역사(歷史)에 대해서는 해박합니다. 갱들이 말문이 터진 아이들처럼 이것저것을 물어오면 다 답해줄 수 있을 겁니다. 선생님이자 어머니처럼요. 하지만 어머니는 아니죠. 나는 내가 먹고 싶을 때만 음식을 만들 뿐이죠. 그들은 내가 내키는 때에만 뭔가를 먹고 허기를 잊을 수 있죠. 그래서 내가 통제권을 쥐고 있다는 거예요. 나는 손을 흔들며 말했고, 손이 모든 감정을 지우고 처음이자 마지막으로 손으로서 불쑥 나아간다는 느낌이 들었다. 그러나 느낌이 아니고 사실이었다. 제이미 군은 소설가니까 첨언을 하고 싶은 마음이 들 것 같습니다. 마음을 이해는 하지만 저는 소설을 쓰는 게 아니니까 그냥 들어주세요.

제이미는 의자 등받이에 몸을 기댄 채 눈썹을 씰룩거릴 뿐이었다.

제2세계에서 저는 노스탤지어에 시달리기도 합니다. 아직 완성되지 않은 책에 대한 노스탤지어와 비슷하다고 할까요? 갱들은 아직 완성되지 않은 「갱들의 어머니」라는 소설을 궁금해하고 아직 존재하지도 않는 그 작품의 후광에 겁을 먹은 것 같기도 합니다. 실제로 갱들 중 하나는, 그건 고진 씨였던 것 같은데, 고진 씨는 돌아가는 택시 안에서 침을 꿀떡 삼키는 소리를 들려주

시기도 했잖습니까. 그런 소리는 너무나도 강력하기 때문에 제2세계에선 사라지지 않고 반복됩니다. 어쨌든 갱들이 사라진다면, 아직 완성되지 않은 「갱들의 어머니」를 읽겠다고 떼를 쓰는 추종자도 사라지는 격이 되기 때문에 저의 노스탤지어는 배가 됩니다. 배가 되나? 이런 말을 해서 미안하지만요, 저는 이제 제미진 커플의 안전을 보장해줄 수 없습니다. 자기들이 안전상의 문제로 갱들의 어머니를 찾아오지 않는 걸 이해할 수는 있습니다만. 자기들이 무슨 일이 일어난 건지를 이해할 가능성이 있다는 사실이 저를 울고 싶게 만듭니다. 자기들이, 자기들이 복제품이 아니라 원본이라는 걸 알게 되는 날에는 무슨 일이 일어날지 모르겠거든요. 보통 갱들은 안전을 위해서 복제품이 자기 자신을 대신하게 만드는데, 제이미와 고진, 자기들은 그렇게 하지 않잖아요. 그러니까 그렇게 하지 않는다고요, 저의 제2세계에서요. 뭐 이런 식으로 멀어지는 거죠. 이런 식으로 제가 제2세계에 재진입할 때마다 노스탤지어는 한층 커집니다. 갱들의 형상이나 집이 멀어져서 아득해지는 건 정말이지 곤란합니다. 어떤 면에서는 글쎄요, 구린 글을 쓰게 됩니다. 아니, 아니, 지금 말하고 있는 건 진짜 나입니다. 오해하지 마세요. 전 어제는 분명 갱들의 어머니였지만 오늘은 영영 갱들의 어머니일 수가 없습니다. 그런 게 갱들의 어머니입니다. 사실을 분명히 알면서도 희망을 가지는 게 인간인 것 같아요. 물론 인간이길 포기한 시민은 익명이 보장되는 대낮의 거리나 공원에서도 그런 희망을 내보이지는 않습니다. 그런데 저나 갱들은 시민사회에서의 탈주가 만들어내는 공백 시간이 있어야만 윤곽이 뚜렷해지는 존재기 때문에, 그리고 그 존재 방식을 자각하는 존재기 때문에 기어코 어떤 종류의 희망을 가지고야 맙니다. 우리(나는 제이미와 고진을 가리키며 자애로운 표정을 지었지만 그들이 고개를 내젓기에 손을 내리고 말았다)가 다시금 「갱들의 어머니」라는 소설에서 만날 희망을 말입니다. 그렇지만 그건 희망으로만 남을 것입니다. 적어도 오늘은요. 저는 오늘 너무나도 맑은 정신이라 더 이상 제 자신이 아니기가 곤란합니다. 그래서 오히려 제 자신과 제 자신의 가교가 되어 자기들에게 제2세계의 많은 부분을 말해줄 수 있었던 겁니다. 어쩌면 다음번엔 일이 더 잘 풀릴지도 모르죠.

그런데 내가 갱들의 어머니가 될 수 있을까? 내

가 이미 갱들의 어머니임에도 불구하고? 그 일은 미래에 일어날 일임에도 불구하고 이미 사실이다. 이미 펼쳐져 있다. 나는 닭과 달걀의 문제로 진입하던 즈음으로 되돌아가보기 위해 일기장을 뒤적였다.

그래도 닭과 달걀은, 닭과 달걀이라고 불리지 달걀과 닭이라고는 불리지 않는다.

그러니까 닭과 달걀은 닭과 달걀 문제인 것이다.

"이 소설은 쓰이기 이전에 훨씬 생생했다." 나는 손끝으로 문장을 따라갔다.

그날 오후, 내가 떠벌리는 갱들에 대한 이야기를 들은 고진과 제이미는 아무런 코멘트도 하지 않았다. 역시 우리의 대작가는 달라도 다르다며 이미 거장의 길을 걷고 있다는 등의 상찬의 말도 하지 않았다. 하지만 침묵이야말로 그들의 질투나 선망을 드러내어 보여주는 걸지도 몰랐다.

그들은 기영에 대한 이야기를 짧게 주고받더니 자리에서 일어났다.

머리 말리기는 끔찍하게 지겹다. 오늘의 머리 말리기가 내일의 머리 말리기를 대신해주는 건 아니다.

오늘의 머리 말리기가 내일의 머리 말리기를 더욱 수월하게 만들어주는 것도 아니다. 오늘은 오늘의 머리를 말릴 수 있을 뿐이다. 내일은 느낌만으로도 충분해서 영원토록 운명처럼 소설처럼. 그렇지만 내일은 소설도 아니고 이야기도 아니다. 너희도 알잖아. 이야기는 내가 쓰고 싶은 방향이 아니고 또 내가 가고 싶은 방향도 아니다. 내가 갈 수 있는 방향도 아니다. 그러나 교양 있는 시민들은 내가 이야기로 가고 있다고 믿고 싶은 눈치다. 나는 눈치가 없지는 않지만 사실을 말해야겠다. 나는 시인으로서도 시민으로서도 이야기로 가고 있지 않다. 이야기로 간다고 믿을 만한 근거가 있다고 혹자는 평했는데 그건 아니다. 나는 이야기가 아니라 경우의 수로.

바로 그때, 구원투수처럼. 지겨운 갱들이 다가오는 것이다. 벤치, 나무, 돌, 그리고 샘물 외에도 꼭 필요한 자연물이 자리를 잡고 있는 풍경을 가로질러 현관문 앞까지 온다. 그러나 내부로는 들어오지 못한 채 주위를 서성인다. 그들은 오늘부로 시민이기를 포기하고 시민의 눈에 띄기로 결심했다. 그러나 그들은 쫓겨나지 않는다. 체포당하지도 않는다. 위장을 잘했기 때문이 아니라 시민이 없기 때문이다. ① 이 구역 시민들이 떠나가고 없다. ② 이 구역에 시민이 산 적이 없다. ③ 이 구역 어딘가에 무엇인가 있다는 걸 느낄 수는 있지만 그건 공기를 감지하는 것과 다를 바가 없다. 공기처럼 잊거나 잊지 않거나. ④ 시민사회는 이전하고 말았다. 집 주변을 배회하는 갱들이 두 명이 아니라 어쩌면 네 명 혹은 다섯 명일 수도 있겠단 생각이 드는 걸로 보아 제2세계도 끝이었다. 더 셈해볼 경우의 수가 없는 것이다. 무엇이 부족했을까? 사회적 장치가 부족했다. 그렇지만 장치 없이도 발생하는 우발적인 자연 사건에 대한 기대가 늘 존재하므로 이런 식의 전개도 가능하리라 믿었던 것이다. 그게 잘못일까. 물론 잘못. 물론 잘못이 아님. 안기영의 소설은 이렇게 끝난다.

안기영이 정신착란을 이겨내고 대작을 써냈다는 기사가 떴다. 그걸 책 홍보에 이용하는 건 당연해 보였다.

이렇게 무너지며 끝날 줄이야. 이게 내 솔직한 반응이었다.

유명하다는 종로의 M 피부과를 가봐도 탈모는

호전되지 않았다. 탈모가 없기 때문입니다. 의사가 갸웃거리더니 초조해하는 목소리로 말했다. 글을 쓰신다고 하셨죠?

물론 이건 내가 들은 환청일 뿐이었다.

의사는 내가 다른 사람들에 비해 튼튼하고 건강한 머리를 가지고 태어났으니 자기 자신을 괴롭히지 말고 거울을 보라고 말했다. 거울을 잘 보면 머리가 있다는 걸 보게 될 것이다.

나는 나와 기영이 서로를 특별하게 여겼다고 믿는다. 그렇지만 기영은 최근 이슈가 되었던 시민사회 논란을 끌어와서 소설을 해석한 비평에 크게 분노했고, 그 분노를 세련된 방식으로 논하느라 바빠서

나를 잊고 말았다.

왜 그랬을까.

걔들은 이제 선글라스도 쓰고 모자도 쓴다. 그리고 나에게 간파당하는 데에 적극적으로 기뻐함으로써 간파당하는 데에 정면으로 맞선다. 그들은, 뭐랄까…… 달리는 데에 몰두한다. 그들은 달리지 않으면서도 달릴 수 있다. 아주 평범한 사람들의 평범한 반응이

기영에게 부와 명예를 가져다주었고, 그 사실에 기영은 더욱더 흥분했다. 갱스 소사이어티Gang's Society에 간파당했다고 생각해서 두려움에 떤 것일지도 모른다. 그리고 나에게. And me, gang's mama.

제미진 커플은 얼마간 나를 걱정했던 것 같다. 그들은 나를 피해 다녔다. 하지만 제이미가 안기영의 소설「갱들의 어머니」리뷰를 쓰기로 했기 때문에 문제가 해결됐다.

고진은 기영의 작품 리뷰를 쓰는 신진 평론가의 뒷바라지를 하느라 바빠서 가끔 안부만 전할 뿐이었다.

나는 소설 쓰기를 중단하고 시를 쓰기 시작했다.

기영은 갱들이 누구인지 모르기 때문에 예민하게 군다. 갱들이 그에게는 보이지 않기 때문에 더 무서울 테고, 어쩌면 내 비밀을 알기에 나를 피하는 걸지도 모른다. 내가 바로 갱들의 어머니라는 비밀 말이다. 내가 바로 갱들의 어머니라서 소설 따위는 필요 없다는 비밀 말이다. "내가 손가락 하나만 움직여도 모든 갱들이 시민을 가장하고 시민사회로 숨어들 텐데 왜 그렇게 하지 않는 거냐고 물어보고 싶을지도.” 그런데 그에 답해줄 갱들의 어머니가 바로 나라는 걸 기영은 모를 수가 없는데 모를 수밖에 없으니까 속이 타는 것이다. 내가 갱들의 어머니니까. 내가 갱들의 어머니라서 기영이 그걸 모를 수밖에 없게 만들었으니까. 테라스가 있는 야외 좌석에 앉은 기영은 짧은 글을 고치고 또 고친다. 기영 씨, 그만 고쳐. 별로 중요한 부분도 아닌 데다가 이미 발표해버렸잖아. 하지만 기영은 부끄럽기 때문에 고친다. 글이 부끄러운 게 아니라 글을 쓰는 자기 자신이 부끄럽기 때문에 고친다. 차라리 글이 부끄러웠다면 좋았을 텐데……. 한결같이 자기 자신을 부끄러워하는 자신이 가짜 같기 때문에 혼란스럽다. 어쨌든 갱들은 신경도 안 써요, 조용한걸. 그들은 그저 을지로의 바나 카페를 찾아다닐 뿐이다. 많아 봤자 두 명일걸. 커플일 뿐이다. “적어도 하나다.” 혼자인 갱이 제일 많다. 혼자가 대다수다. 나는 이미 보았기 때문에 안다.

기영은 일어나서 대충 씻더니 남은 국에 밥을 말아먹고 밖으로 나간다. 카페 창가 자리를 잡고 앉아서 나를 기다린다. 나는 딱히 기영을 만나고 싶지는 않지만 그래도 머리를 말리고 재킷을 입고 부츠를 신고 나간다. 버스 같은 걸 타고 가겠지. 나도 잘 모른다. 기영은 나를 기다리는 그 짧은 시간에도 핸드폰을 들여다본다. 자기 자신이 밖이란 걸 잊어버린 상태다. 문득 그럴듯한 영감이 떠올라 핸드폰 메모장을 연다. 그러나 내가 등 뒤에서 영감이란 걸 훔쳐볼 수도 있기 때문에 서두른다. 단어 몇 개를 쓸 뿐이다. 창공의 깊이. 질주경. 정역학. 왜 작가를 사랑하고 왜 작가를 만나야만 사랑하는 거라고 생각할까.

진짜 자는 거 맞아?

나는 검정 재킷을 벗어 들며 기영 앞에서 중얼거렸다. 꽃이라도 가져왔으면 좋았을 텐데. 기영은 화들짝 놀라 소리쳤다.

뭐라고 소리쳤는데?

갱 둘이 동시에 물었다.

핸드폰을 든 채로 죽으면 안 돼

이것은 죽고 싶었던 순간에 대한 짧은 기록입니다.

저의 집은 대략 29제곱미터이고, 주방 분리형 원룸입니다. 북가좌동에 위치해 있습니다. 그림을 그려볼까요? 여기 종이가 있습니다.

선을 하나 그어보겠습니다. 여기도요. 직사각형입니다. 전체 면적의 5분의 4 정도 되는 지점에 선을 가로로 하나 그어보겠습니다. 주방과 침실을 나누는 벽입니다. 방금 그은 선의 4분의 3 지점에 중문을 표시해보려고 합니다. 짧은 세로선을 적당한 간격으로 두 개 그

어봅니다. 중문은 미닫이지만 대체로 열어두고 사용합니다. 현관문 기준 좌측 대각선 방향에 미닫이문이 위치합니다. 현관문은, 그러니까 여기 처음 그린 직사각형의 오른쪽 하단에 위치하죠. 짧은 세로선을 적당한 간격으로 두 개 그릴게요. 여기가 바로 제 집의 입구이자 출구입니다. 나가거나 들어오면서 문득 그런 생각을 하죠. 여기 짙은 남색 철문의 한가운데 종을 달아두면 좋을 거 같다. 오가며 일본 드라마의 주인공처럼 다녀왔습니다, 다녀오겠습니다, 말해도 재밌겠다. 종은 너무 요란하지 않아야 하지만 너무 종교적이어도 곤란합니다. 저는 작은 새와 비슷한 느낌을 주는 종, 작고 착하고 안정적인 애완 종을 달아두고 싶습니다. 소품 숍이나 절보다는 골동품 가게에서 산 것이면 좋겠습니다. 그러나 이런저런 조건을 따지다 보니 딱 맞는 걸 구해다 달기가 어려워졌습니다. 그래서 문에는 고장 난 외시경 하나가 있을 뿐입니다. 피에르 아로낙스 교수*가 보고 감탄했을 법한 신비한 해저 동물이 다가와도 모를 것 같습니다. 저는 이런저런 잡념이나 소망, 모르는 사

* 『해저 2만 리』 등장인물

이에 달라붙은 사회 활동에 대한 혐오와 애착 등을 버리고 문을 닫습니다.

자, 이제 시작입니다. 현관문을 기준으로 오른쪽을 보면 작고 오래된 신발장이 있습니다. 다이소에서 산 작은 구둣주걱 하나를 거기 걸어뒀습니다. 그러나 이런 세세한 것까지 그림에 그릴 수는 없겠죠. 그저 작은 직사각형 하나를 오른쪽 벽면에 붙여보도록 합시다. 세로선 하나, 가로선 하나입니다.

정면을 보면 냉장고가 있습니다. 200리터 용량의 1인용 냉장고입니다. 엘지나 삼성은 아니고 대우 것입니다. 이것도 그리겠습니다. 중문을 막지 않도록 우측 벽에 붙여 위치시키도록 합니다. 냉장고는 정확히 현관문과 마주 보는 곳에 있습니다. 문을 열어봅니다. 마켓 컬리에서 구매한 방사 유정란 아홉 개, 그릭 요거트, 케일 몇 장, 배추김치, 가지, 감자 정도가 있습니다. 냉동고에는 오래된 베지 프라이(채소를 갈아 넣어 만든 건강한 튀김 간식), 미니 돈가스, 냉동 밥 다섯 개(지구에게 미안하지만 비닐 백에 넣어서 보관 중입니다), 냉동 시금치 된장국 여러 개(마찬가지로 비닐 백에 넣어 보관 중입니다) 등이 있습니다. 다진 마늘이나 대파 자른 것, 들깻가루, 고춧

가루도 있는데 전부 어머니가 보내주신 것입니다. 냉장고 외벽에는 천으로 만든 한 해 달력(2023년)이 있습니다. 키티 캐릭터가 다양한 포즈를 취하고 있는 귀여운 굿즈인데, 친구와 부산에 놀러 갔을 때 기분이 나서 구매한 것입니다. 달력 하단에는 네 컷 사진을 세 장 붙여놓았습니다. 또 전시를 보러 갔다가 가져온 팸플릿을 자석으로 고정해두었습니다. 이것으로 냉장고는 안녕입니다.

냉장고 좌측과 중문 사이의 작은 공간엔 이동식 서랍장이 있습니다. 이동식이긴 하지만 제자리에 두고 사용합니다. 맨 위 서랍과 서랍의 상판에는 외출 시 항상 찾는 물건들을 둡니다. 동전 지갑, 카드 지갑, 에어팟, 안경집, 비말 마스크 한 상자, 물티슈 등이죠. 귀가하면 이것들을 반드시 제자리에 둡니다. (저는 어떤 물건에 대해서는 말하지 않고 있습니다. 그 이유에 대해서는 차차 말하도록 하겠습니다.) 인센스 홀더도 있는데, 장식용입니다. 두 번째 칸엔 몇 년 된 향수가 있다고 알고 있습니다. 거의 사용하지 않습니다. 이 작은 공간, 이 작은 공간의 수납장에 대해서는 이 정도로 하고 넘어가도록 합시다. 삭막한 분위기를 아주 살짝 돋우어줄 뿐 큰 역할을 하지는 않습니다. 침대 협탁처럼 꼭 필요하진 않지만 없으면 아쉬운 물건이라 생각하면 적당할 것 같습니다. 원한다면 점선으로 작은 동그라미를 그려봐도 좋겠습니다만—이 수납장은 위에서 보았을 때 원형입니다—, 저는 생략하겠습니다.

색이나 재질, 연식 등에 대해서도 구체적으로 언급하고 싶지 않습니다. 그저 평범한 가구일 뿐이니까요.

음식을 자주 하지는 않지만, 음식을 하는 경우엔 선풍기를 꼭 작동시킵니다. 외부로 통하는 부엌 창문이 없기 때문이죠. 환기를 하려면 현관문을 열어야 하는데 원룸촌에서 쉬운 선택지는 아닙니다. 대개 침실 창문을 열고 선풍기를 틀어서 간접 환기를 합니다. 설명이 길어졌습니다. 음식을 하는 공간은 현재 위치에서 좌측 혹은 전방에 위치해 있을 것입니다. 부엌 겸 다용도실입니다. 좁지만 이것저것 잘 쌓아두었습니다. 최근 트위터에서 '진짜 히키코모리'에 대한 글을 읽었습니다. 저는 '진짜 히키코모리'가 아니더군요. 흔히 만화를 통해 묘사되는 히키코모리는 어지러운 방을 배경으로

누워 있거나 앉아 있습니다. 흑백의 명암만으로 표현되었음에도 불구하고, 그들이 지내는 장소는 왠지 더 어두워 보입니다.

제가 본 트윗에 따르면, 이러한 일반적인 히키코모리 만화 중 대부분이 현실을 잘못 반영하고 있다고 합니다. 진정한 히키코모리는 절대 수납장을 수납장으로 사용하지 않는다는 겁니다. 수납장을 테이블이나 싱크대처럼 사용해야 진정한 히키코모리라는 것입니다. 그 트윗을 보고 나서 저는 첨부된 네 장의 만화를 유심히 살펴보았습니다. 등장한 인물들은 무기력과 번뇌에 괴로워하는 사람들처럼 보였습니다. 그러나 뒤편의 선반이나 책장은 말끔하게 정리되어 있었지요.

현실 고증에 실패한 지점이 이 부분이라고 합니다.

이어지는 트윗 타래에 첨부된 만화 컷 속에는 몇 권의 책이 흩어져 있었습니다. 저는 생각했죠. 그래, 이 정도의 무질서라면 진짜 히키코모리 합격이야. 그런데 그마저도 아니었습니다. 한 유저의 말에 따르면, 히키코모리는 소중한 만화책을 마구잡이로 바닥에 놓아두지는 않는다는 겁니다. 그렇다면 히키코모리의 방 안에서 책은 어디에 위치해야 하나요? 책장도 바닥도 아닌 곳, 안도 바깥도 아닌 곳……. 저는 문득 책이 허공에 둥둥 떠 있어야만 이 말도 안 되는 논란이 종결되리라는 생각이 들었습니다.

히키코모리 이야기를 하긴 했지만, 사실 저의 집은 이러나저러나 평범한 편입니다. 대충 쌓아둔 물건이 있긴 하지만요. (괜찮습니다. 어떤 의미에서 저는 분석의 대상이 되길 자처하고 있으니까요.) 부엌이 다용도실을 겸하고 있기에 공간의 경계가 불분명하긴 합니다. 자, 그러니 잘 따라와야 합니다. 싱크대는 한 칸짜리입니다. 양옆으로는 엠보싱이 들어가 있는 스텐 재질의 상판이 한 칸씩 있습니다. 평범한 원룸 보급형 싱크대의 모습입니다. 가스레인지와 가스레인지 후드가 있습니다. 싱크대 전체 크기는 가로 길이 1800밀리미터, 세로 길이 1000밀리미터 정도입니다. 이를 감안하여 적당한 직사각형을 그리도록 합시다. 크게 어질러진 상태는 아닙니다. 너저분하게 늘어진 물건이 거의 없지요. 어쩔 수 없이 키친타월, 국자나 칼, 전기 포트 등이 상판에 올라와 있긴 하지만 다 그곳이 제자리라서 있는 것뿐입니다.

썩은 바나나 껍질이나 말라비틀어진 라면 찌꺼기, 물때 같은 건 오늘 없는 것 같네요. (역한 사건이 아주 발생하지 않는 건 아닙니다. 하지만 그날은 모든 게 괜찮았지요. 그러니까…… 삶의 의욕을 잃은 사람에게서 마지막 기력까지 훔쳐 갈 만한 사건이 부엌에서 일어나지는 않았다는 뜻입니다.) 친구에게 선물 받은 록시땅 비누가 부엌 물받이 턱에 있습니다. 재활용을 위해 깨끗이 씻은 플라스틱 통을 뒤집어서 비누 받침대로 쓰고 있습니다. 바로 옆에는 핸드 워시로 사용하는 통이 하나 있습니다. 다이소에서 산 펌프형 공병에 핸드 워시 용액을 부은 것이지요.

그 외에 수저를 담아두는 통이 플라스틱 건조대에 고정되어 있습니다. 거기 오래된 과도(칼과 손잡이를 잇는 부분이 녹슬어 있습니다), 수저 세 벌, 필러(일명 감자칼), 티스푼, 국자, 뒤집개 등이 있습니다. 건조대는 부착식이 아니라 이동식이고 가장 작은 사이즈입니다. 플라스틱이기 때문에 세척을 자주 해주지 않으면 바닥면에 시커멓게 물때가 낍니다.

상부 장을 열어볼까요? 어머니가 챙겨준 2인용 식기 세트와 여분의 접시가 정리되어 있습니다. 반찬 통으로 사용하는 비스프리 밀폐 용기 세트가 쌓여 있고, 다이소에서 산 값싼 둥근 반찬 통도 몇 개 있습니다. 각종 티백, 시리얼(통에 담아두었습니다), 미역 줄기(한 번도 요리해 먹은 적이 없는 걸로 기억합니다), 얼음 트레이, 와인 잔 하나, 맥주잔 하나(선물 받았습니다), 햇반 여러 개, 찜기(어머니가 챙겨주었습니다), 테팔 차탕기(어머니가 사주셨지만 잘 사용하지 않습니다), 해외에서 온 마른 버섯 조각들(챙겨 먹지 못한 지 오래입니다), 출처를 알 수 없는 핸드크림, 출처를 알 수 없는 건강 보조 식품(비타민A, 루테인, 마그네슘 등 많지만 제가 챙겨 먹는 건 따로 있기 때문에 손대지 않은 채로 쌓여 있습니다), 유산균 두 통(제가 샀습니다), 눈썹 칼, 면도날 리필용 여러 개, 딱풀, 면이 넓은 테이프 두 개, 작은 반짇고리, 손톱깎이, 핀셋, 양면테이프, 손바닥만 한 종이봉투에 담긴 루콜라 씨앗(서울숲에 놀러 갔다가 무료로 나눔 받은 것), 자석 여분, 덤으로 받은 마스크팩(피부가 예민한 편이라 사용하지 않습니다), 헤어 에센스 여분, 성분이 순한 폼 클렌저, 간편 믹서기, 빗, 혹시 몰라 모아둔 잡동사니(주로 아이스팩), 칫솔 여분, 치약 여분이 있습니다.

상부 장은 총 세 칸입니다. 방금 들여다본 건 주

상부 장으로 마주보고 있는 두 짝의 문으로 여닫을 수 있습니다. 외문이 달린 상부 장에는 주로 중요한 것들이나 소형 전자기기를 넣어두었습니다. 중요한 것들이라 함은—지금 '중요한 것들'을 모아둔 검은 가방 내부를 살펴보니—주로 친구들에게 받은 짧은 메모나 편지입니다. 이십 대 초반부터 모았으니 십 년도 넘은 것이라 지금은 연락이 전혀 닿지 않는 사람들에게서 받은 과거의 편지도 많습니다. 종이 통장 일부, 지금은 가지 않는 단골이었던 카페나 식당의 스탬프 쿠폰, 명함, 더 이상 사용하지 않는 체크카드나 신용카드, 학생증, 회원증, 여권, 임대차계약서, 보증금 영수증, 부동산 관련 기타 서류, 오래된 증명사진, 몇 장의 유년기 사진이 있습니다. 이런 것들을 한데 모아 '중요한 것들'에 넣어두고 지냅니다. 잊어버리고 지내지만 잊어버리고 지낸다고 해서 영영 잃어버린 걸로 쳐서는 안 되는 그런 물건들이지요. 체크카드나 신용카드는 잘라서 버려도 될 법하지만, 성인이 되고 처음 만들었다거나 해외여행을 처음 갈 때 들고 갔었다는 사연들 때문에 보관하고 있는 것이지요. 더 이상 방문하지 않는 동네 도서관 회원증도 여러 장입니다. 증명사진은 오래된 미신 때문인지

쉽사리 버리기 어렵고, 종이 통장은 더 이상 아무런 의미가 없다지만 왠지 귀한 골동품 같아서 보관하게 됩니다. 엽서 뭉치를 볼 때마다 저는 제 자신이 생각보다 훨씬 더 많은 사람과 교류하고 살았다는 사실에 놀랍니다. 제가 받은 엽서나 편지 봉투들은 원색인 경우는 거의 없습니다. 주로 바랜 파스텔색 계열로 스카이 블루, 연분홍, 옅은 노랑입니다. 왜일까요? 시간이 지나서 색이 바랜 건 아닌 것 같습니다. 이제 지퍼로 가방을 잠그겠습니다. 가방의 한쪽 끝에는 손잡이가 달려 있습니다. 위로 시선을 옮기면 보풀 제거기, 고장 난 다리미(보기 싫은 전자기기), 베개 충전재 여분, 셀카 봉, 필름, 필름 카메라(고장 난 것), 바퀴벌레 약, 백반 가루, 칙칙이(다이소에서 산 물뿌리개), 손잡이(오래된 주방 서랍 손잡이를 교체하기 위해 사고 남은 것), 갑자기 스크루 드라이버, 소형 망치, 몇 개의 녹슨 나사, 출처나 용도를 모르는 플라스틱 부품들, 소형 유리 화병, 별 관심은 없지만 유행이라서 샀었던 보드게임(이름은 말하지 않겠습니다) 등이 있습니다. 이 모든 건 생각보다 잘 정리되어 있습니다. 절대 쏟아질 위험이 없어 보입니다. 닫겠습니다.

하부 장에는 주로 프라이팬, 냄비와 같은 기본

조리 도구와 식초, 간장, 참기름과 같은 기본 양념류, 베이킹소다, 과탄산소다와 같은 청소용 화합물이 있습니다. 매실액이 2리터 페트병에 담겨 있습니다. 주로 음식을 할 때나 체했을 때 사용합니다. 각자는 각자의 자리에, 그러니까 왼편과 오른편에 있습니다. 양푼, 유리볼, 체 정도가 기타 물품입니다. 그 외에는 세탁조 청소를 위한 제품이나 분홍색 보자기(어디서 났는지 알 수 없습니다), 작은 병에 들어 있는 표백제, 락스가 있습니다. 하부 장엔 서랍 네 칸도 있는데 식기, 종량제 봉투 여분, 비닐장갑, 호일, 수세미 여분, 포장지 등이 있습니다. 씻어서 몇 번이고 재활용해도 좋다는 비닐 지퍼백도 여러 장 있습니다. 어머니가 보내주신 것입니다. 그 안에 대파나 마늘을 넣어 보관해도 좋고, 요리하고 남은 재료를 넣어도 좋습니다. 문을 닫겠습니다.

이렇게 해서 주방 묘사가 끝났습니다. 싱크대에 이 모든 게 들어가 있거나 붙어 있으므로 표기는 매우 간편합니다.

이번엔 다용도실입니다. 싱크대에서 몸을 돌리면 곧장 두 개의 수납장이 보입니다. 6인용 밥솥 하나

(보험사에서 선물로 준 것)와 전자레인지(학교 커뮤니티 사이트에서 중고로 구한 것)가 오른쪽 수납장의 상단 선반에 놓여 있습니다. 하단 수납장에는 쌀이 담긴 밀폐 용기나 파스타 면, 라면, 참치 캔, 키친타월 한 묶음, 크린랩, 면봉 두 통, 비상 약품을 담아둔 구급상자 등이 있습니다. 선반은 제가 직접 조립했습니다. 이케아 것은 아니고, 네이버 스마트 스토어에서 후기가 가장 많은 상품을 골라 산 것이죠. 철제 다리와 나무 코팅이 되어 있는 상판으로 구성되어 있습니다. 동봉되어 온 손가락 길이의 작은 드라이버를 사용하여 나사를 조였고, 고무가 달린 발도 끼워주었습니다. 선반의 폭은 500밀리미터 정도인데 집의 전체 크기에 비하면 큰 편이죠.

이 선반과 싱크대 사이에 일반 쓰레기봉투를 비치했습니다. 쓰레기통은 없습니다. 재활용 쓰레기봉투의 경우, 선반 맨 아래 칸에 넣어두다가 분리수거를 할 때 꺼내어 씁니다. 이런 것들까지 선으로 전부 표시할 수는 없겠죠. 그냥 여기 선반이 있다는 것만 표시하겠습니다. 싱크대보다 너비가 작은 직사각형을, 싱크대를 나타내는 직사각형과 마주 보도록 그립니다.

작은 탁상용 시계를 두었는데, 이런저런 생필품

에 가려 보이지는 않습니다만 작동하고 있지요. 소리가 들릴 겁니다. 방금 그린 직사각형의 내부 어딘가에 위치해 있지요. 이제 걸음을 옮겨봅시다. 왼쪽에 무언가가 있습니다. 이것들은…… 여러 가지입니다. 한 단어로 정의하긴 힘들죠. 그럴 때에 우리는 다용도실이라는 공간을 필요로 하는 것 같습니다. 그러나 서울에 위치하는 분리형 원룸의 특성상 보일러 룸이나 작은 창고, 혹은 다용도실이 별도로 존재하기는 어렵습니다. 아쉬움을 달래기 위해서는 상상력이, 상상력이 필요하지요. 왼쪽 수납장 하단에는 레일이 달린 플라스틱 서랍장이 세 개 있습니다. 상단에는 개방된 수납 칸이 두 개 있죠. 멀티입니다. 여기 다양한 생필품을 정리해두었습니다. 중요하죠. 1+1 화장품, 립밤 여러 개, 치약 여러 개, 치실 세 통 중 두 통(나머지 한 통은 화장실에 있습니다), 쓰고 남은 멀티탭 두 개, 화장지, 각종 포장용 실(포장할 때 쓸 수도 있습니다), 봉투(비닐봉지와 종이봉투 모두를 포함합니다), 나무젓가락, 고데기(잘 사용하지 않습니다), 친환경 왁스, 선물로 받았지만 잘 사용하지 않는 물건들, 각종 배터리(어느 제품을 위한 배터리인지 기억하기 힘듭니다), 각종 충전기, 각종 케이블, 각종 케이블과 충전기를 묶어서 정리할 때 쓰는 끈, 칸 정리함, 칸 정리함에 들어가 있는 볼펜 세트, 덧신(어머니가 발이 따뜻해야 한다며 챙겨주셨습니다), 3D 모델링 팩 가루, 팩 도구, 건전지, 오래된 약봉지, 피규어, 엽서, 이건…… 프랭크 오션 CD《channel Orange》, 핑크 플로이드 CD《Wish You Were Here》, 가끔 사용하는 부조금 봉투, 각종 설명서(종이 상자에 모아두었습니다), 데워서 사용하는 작은 찜질 팩, 김 가루.

수납장 상단 가장자리에는 다이소에서 산 S자형 고리가 여러 개 걸려 있습니다. 손을 닦을 수 있는 수건과 봉지(봉지를 모아서 넣어두는 봉지), 길 가다가 뽑은 인형이 걸려 있습니다. 이런 작은 고리들은 생략하도록 합시다. 작은 고리들 아래에 쌓여 있는 수납 상자 두 개도 지나치도록 합시다. 창문은 없고, 벽지는 흽니다.

분명히 말하지만, 이 모든 게 한데 모여 섞여 있는 게 아닙니다. 각자는 각자의 자리를 가지고 있습니다. 각자의 자리가 어디가 될지는 각자의 상호작용에 달려 있지요. 모든 걸 알고 있을 수는 없습니다. 모든 걸 알고 있기 때문에 정리가 가능해지는 건 아닙니다. 어떤 것들은 수납장 속에 넣어두고 잊어버리기도 해야 하지요. 어떤 것들은 알면서도 꺼내 보지 않기도 해야 하지요. 모든 걸 마음에 드는 방식으로 배열해둘 수는 없는 겁니다. 갑자기 무언가가 튀어나올 가능성도 배제할 수 없습니다. 그래서 단지 하나의 직사각형—그러나 이번엔 정사각형에 가까운—을 그려 넣어두는 것이지요. 그리고 거기 숨겨진 재능이나 그리운 추억과 같은 인간미 넘치는 무형의 자산을 축적하는 거죠. 어느 순간엔 이 직사각형을 흥청망청 써버릴 수도 있을 겁니다.

그러나 이건 한 장의 종이일 뿐입니다. 나는 그걸 알고 있고 비참함도 알고 있습니다. 그리고…… 친구에게 연락하는 방법도 알고 있습니다. 그날 나는 친구 O에게 연락했습니다. 친구에게 먼저 연락을 하는 편은 아니기에 조금 예외적인 상황이었던 건 분명한 것 같습니다. O는 마침 밖에 있었고, 비가 내리고 있었습니다. 전화 너머로 빗소리, 다소 무겁게 느껴지는 발소리, 경적 소리 등이 들렸습니다. 때는 저녁 즈음으로, 퇴근 시각이었을 겁니다. 나는 일을 그만둔 경위에 대해 설명하고 있었습니다. 그때에도 종이 한 장을 눈앞에 둔 채, 손에 펜을 쥐고 있었을 겁니다. 무언갈 끄적이거나 낙서를 하며 통화를 하면, 가장 수치스러운 순간에도 무언가를 생산해낸다는 착각에 매달릴 수 있습니다.

O는 말했습니다. O에 대해 많은 걸 말하지 말라고, 그래야 더 많은 걸 얘기할 수 있지 않겠냐고.

나는 충격을 받았습니다. 그게 내가 고민하던 일이었단 걸 통화를 하면서 알게 된 겁니다. O는 일을 그만두고 글을 쓰는 건 좋지만, O라는 인물에 대해 너무 많은 걸 말하는 건 여러모로 좋지 않은 것 같다고 말했습니다.

나는 갑자기 소설의 주인공이 된 기분이 들었습니다.

나는 놀란 티를 내지 않고 웃어 보였습니다. 내가 쓰는 글은 장소에 대한 거지 사람에 대한 게 아니야. 그러자 O는 대꾸했습니다. 소설에 그 방이 나온다면 걱정이 된다고요. 그 방이 나온다면 O에 대한 이야기가 아니게 될 수 없다는 것입니다.

나는 무슨 이야기인지 이해할 거 같은 기분이 들어 놀랐습니다. O가 방에 놀러 온 적은 한 번도 없는데도 말입니다.

갑자기 가장 중요한 걸 잊어버린 기분이 들었고, 오늘이 무슨 요일인지가 궁금해졌습니다. 오늘의 날씨나 일자도요. 특별한 사건을 예고하는 표지가 일상

곳곳에서 빛나고 있을 것만 같은 묘한 기대감에 설레었던 것도 사실입니다. 비가 추적추적 내리는데…… 저는 말했습니다. 타원을 열 개 정도 사선으로 그렸고 비, 라고 썼습니다. 그래, 비가 온단 말이지. 나는 네모를 하나 그린 뒤, 네모 내부에 구불거리는 선을 몇 개 그었습니다. 수건, 수건이 있어야 물 묻은 발을 닦을 수 있으니까요. 또 연상, 이라고 썼습니다. 그래, 연상 작용을 따라 이것저것 그리고 있어, 글씨? 글씨도 쓰고 있고. 그는 잘 들리지 않으니 이따가 전화를 하자고 말했습니다. 이따가, 나는 받아 적고 전화를 나타내는 기호를 하나 그렸습니다. 메모장을 그대로 두고, 눈을 들어 창문을 보았습니다.

그러나 아무 일도 일어나지 않았습니다.

O는 전화를 끊었고, 저는 창밖을 보았을 뿐입니다. O와의 통화가 알려준 대로 비가 내리고 있었지요. 저는 이것이 죽고 싶었던 순간에 대한 짧은 기록이라 선언하고 싶습니다. 그리고 여기서 모든 걸 끝내고, 인정하고, 승복하고, 털어내고, 창문 밖으로든 현관 밖으로든 나가고 싶습니다.

욕망은 아주 순간적이기 때문이죠.

그러나 글쓰기는 항상 그보다 훨씬 더 길고 지난하며 반복적이지요. 단 하나의 욕망을 설명하고 이해시키기 위해 평생이 걸리는 경우도 허다합니다. O는 일을 관두고 작가가 되려고 하는 저의 욕망에 대해 누구보다 잘 이해하고 있는 지인일 겁니다. 죽고 싶었던 순간에 대한 짧은 기록을 작성하는 게 처음이 아니기 때문이죠. 그는 제가 이 기록을 매번 새롭게 작성한다는 걸 알고 있습니다. 기록마다 제목을 달리 붙여 소설처럼 꾸민다는 사실도요. 그래서 이런저런 말을 덧붙일 수 있는 겁니다. 그러나 그럼에도 불구하고 저는 O에게 섭섭함을 느낍니다. O가 존재하기 때문에 더욱 고독하다고 느끼기도 하지요. O라는 인물을 어떤 방식으로든 글쓰기에 삽입하지 않으면 안 된다는 강박에 시달리기도 합니다. 창문, 어쩌면 저게 O일지도 모르는 것이죠.

저는 눈을 들어 다시 한번 창문을 보았습니다.

O의 말이 맞습니다. 저는 저 자신이나 제가 쓰는 이 글을 위해 특정한 표현은 사용하지 않고 있습니다. 창문을 피해 가거나 우회함으로써 창문에 대해 가

장 잘 말하는 게 저의 목표라고 할 수 있겠지요. O는 아마 그런 말을 하고 싶었던 거겠지요. 그렇게 함으로써 많은 걸 드러냄과 동시에 드러내지 않을 수 있기 때문입니다. 필요한 부분만을 드러내기—그것이 살아남기 위한 전략이라고 생각합니다. 트위터를 보면 확실히 알 수 있지요—가 쉽지만은 않지만 이미 나는 상당 부분, 그러니까 글이 할 수 있는 바의 5분의 1 정도를 해냈습니다. 그 안에서 크기와 특징, 배경 등이 모두 다른 직사각형을 묘사해내기까지 했지요. 저는 네 개의 직사각형을 그렸지만, 이 글을 읽는 다른 누군가는 자기 자신이 머무르던 과거의 집이나 머무르고 있는 현재의 집, 혹은 머무르게 될 미래의 집을 상상하며 신발장이나 다용도실을 대체하는 수납장을 추가로 그려 넣을 수도 있을 겁니다.

수납장을 추가로 그려 넣을 때, 유의해야 할 점이 있습니다. 종이를 보십시오. 제가 제일 중요하다고 생각하는 건 표면의 표면성입니다. 표면의 표면성을 붙잡지 않으면 의외의 결속력도 생겨나지 않을 겁니다. 저는 개개의 물건이 가진 개성이 최대한 드러나지 않기—그러나 이 바람은 어떤 면에서는 거짓입니다—를 바라고 있습니다. 그래야만 나는 나대로의 삶을 영위할 수 있으며—숨을 쉴 수 있다는 비유가 여기에 딱 맞습니다—, 다른 사람은 다른 사람대로 그림에 개입할 수 있는 겁니다. 미묘한 변화는 존재하지만 분명한 변화는 존재하지 않아야 하지요. 그래야만 이 종이 안에서의 뒤틀린 만남이 성립하는 것입니다.

표면은 무언 중에 많은 걸 강요하지만, 많은 걸 강요한다는 인상은 적게 전달합니다. 단지 나는 그런 사람일 뿐이고, 단지 그런 그림이나 그런 이미지, 그런 글, 그런 바깥이 그런 식으로 흘러간 것뿐이니까요. 강요나 억압의 인상이 흐릿하기 때문에—즉, 더욱 교묘하게 정치적이고 억압적이기 때문에—, 표면상의 개인은 개인의 자율하에 무언가를 선택하거나 행했다는 착각을 하기 쉬운 거겠지요. 이런 가설이 맞다면, 무의식과 공명하는 건 이면이 아니라 표면이라는 점을 알 수 있습니다. 어렵게 말했지만 사실 제가 원하는 건 간단합니다. 당신이 제 영역을 그려보는 것입니다. 단지, 제가 사용하고 있는 이 종이가 아닌 다른 종이 위에 그림을 그려보길 바라는 것뿐입니다.

당신이 편견을 가지고 있지 않다면 말입니다.

그러나 사실 저는 이런 편견이나 저런 편견이 모두 괜찮다고 생각하는 편입니다. 일일이 신경 쓰다 보면 인생에서 할 수 있는 일이 거의 없기 때문입니다. 새로운 편견과 마주했을 때의 충격이나 스트레스를 줄이기 위해 오래된 편견과의 관계를 순탄하게 유지하는 편이 오히려 나을지도 모른다는 다소 과격한 의견을 가지고 있습니다.

O에게 다시 전화가 걸려왔습니다. 저는 O와 O와의 대화를 언급하지 않기 위해 다시 종이로 시선을 돌립니다.

방은 매우 개인적이지만, 동시에 사회적이고 현상적입니다. 현상적인 건 무엇일까요? 저는 고개를 끄덕입니다. 손에 쥐고 있던 펜의 끄트머리를 이용해 현관을 통과한 뒤 직사각형으로 다가갑니다. 펜을 이용하여 싱크대 수전을 들어 올린 뒤 흐르는 물에 손을 씻습니다. 열린 중문을 통과하여 침실 겸 서재로 들어갑니다. 가방을 내려놓고 반신형 거울을 들여다봅니다. 거울은 미닫이에 기댄 것처럼 보입니다. 실제로는 기대어 있지 않지만요. 그렇게 보일 뿐입니다. 그 옆에는 작은 협탁, 침대(싱글 침대를 더블 침대로 바꿨습니다)가 있습니다.

여기서 세 개의 가구 중 단 하나의 가구만을 표시하려고 합니다. 직사각형 하나를 그려서 침대를 표시합시다. 취향에 따라 베개나 이불 등을 간단하게 그릴 수도 있겠습니다. 참고로 저는 간단한 무늬가 있는 침구를 씁니다만 이렇다 할 취향을 드러내줄 만한 세부사항이 아니기에—혹은 바로 그런 이유로 특정한 취향을 드러낼 수도 있기 때문에—자세히 묘사하진 않겠습니다. 향기가 나거나 악취가 나지는 않는다는 점만 말해두겠습니다. 다음은 큼지막한 물건들입니다. 벽걸이형 에어컨, 빨래 바구니, 왕자 행거와 보급형 옷장이 있습니다. 나는 이런 것들을 지나친다는 사실에 몹시 초조합니다. 그 이유는, 이런 것들을 지나친다는 사실이 나에 대한 중대한 무언가를 드러내어 보일까 봐 마음이 쓰이기 때문입니다. 사실 어떤 걸 지나치고 어떤 걸 지나치지 않는 데에는 아무 이유도 없습니다. 적어도 지금의 저는 그렇습니다. 어떤 가구의 폭이 넓고 좁음에는 아무 이유도 없습니다. 머무는 시간, 리듬, 변주에는 (과격하게 말하자면) 이유가 없지요. 방이 좁고 넓음, 통로가 매끄러움, 문이 부서짐, 오래된 창틀이 덜렁

거림, 이중 새시가 든든함, 원목 5단 서랍장 폭은 800밀리미터지만 플라스틱 서랍장 폭은 550밀리미터라서 이렇게 저렇게 튀어나오고 들어감. 이런 것들은 일종의 파도와도 같은 겁니다. 그렇담 인간의 집과 인간의 직장, 인간의 공동체, 인간의 굶주림과 전쟁, 그리고 유아, 사망, 대통령 선거, 국가 부도 등은 전부 파도의 일종이고, 자연이고 그런 자연*의 것이지요. 하지만, 하지만 어떤 것들은 설득하기가 무척 어렵습니다.

자연이 건너뛰거나 건너뛰지 않는 데에는 아무 이유도 없다는 걸 설명하기엔 너무 늦거나 너무 이른 것이죠. 왜냐하면 제 생각에 저에게는 이 핸드폰이 있고, 전화를 받는 친구가 있고, 직장이 있(었)고, 이면지가 있고, 연필이 (여전히) 있고, 연극이 있고(저는 최근 연극에 빠졌습니다. 그러나 직접 보러 가지는 않지요. 주로 집에서 혼자 희곡을 읽는 편을 택합니다), 에어컨, 바구니, 옷장, 행거가 있기 때문입니다. 저는 에, 어, 컨, 바, 구, 니, 옷, 장, 행, 거, 를 또박또박 한 글자씩 씁니다. 특정한 대상에 머무르기 위해, 혹은 머무르지 않는다는 걸 들키지

* 자연의 구성 한자는 自(스스로 자)와 然(그러할 연)입니다.

않기 위해 너무 많거나 너무 적은 시간을 낭비하는 인간은 매우 소설적입니다.

저는 크게 숨을 들이마시고 내뱉었습니다. 드디어 저라는 인간이 저라는 인간을 만나게 되었습니다. (저는 펜을 끌고 와서 침대 발판 근처에 위치시킵니다.) 종이와 현실의 구분에 구애받지 않고 동일한 좌표에 위치하게 된 것입니다. 여기, 바로 여기에 제가 앉아 있습니다. 분리형 원룸의 대략 5분의 3 정도가 확실해진 지점입니다. 이 지점에 앉아서 저는 종이를 펜으로 톡톡 칩니다. 다음 이야기를 기다리고 있지요.

일전에 O가 보내준 링크를 타고 들어가서 오카자키 쿄코의 단편 만화 몇 편을 본 적 있습니다. 터무니없이 과격하고 터무니없이 비참한 청소년이 얼마나 해바라기 같을 수 있는지를 알 수 있었답니다……. 노랗고 자극적이고 비참하고 비명 같은……. 어머니가 야외에 내놓은 해바라기 머리를 보고 이것이 무엇이냐고 물었던 게 기억나네요. 씨앗을 얻으려고 말리는 중이란다. 정확한 답변은 아니었기에 조금 당황했습니다. 저는 별 뜻 없이 손을 내밀어 알맹이—여기서는 씨앗—를 빼보려고 했지만 볕에 바짝 마른 부분이 생각 이상으로 뾰족해서 아팠습니다. 어머니는 쭈그려 앉아 내가 하려던 걸 해냈습니다. 저는 그렇게 해서 얻은 씨앗 하나를 입 속에 넣었습니다. 직접적 체험이었지만 지식이 되지는 못했죠.

직전의 두 문장에서 일어난 화학반응은 일종의 낡은 유머이자 글쓰기의 즐거움 중 하나라고 생각합니다. 낡은 것 혹은 낡음이야말로 성취하기 어려운 것이고, 따라서 새로운 즐거움은 아이러니하게도 새로움보다는 낡음에서 발생하지요. 새로운 대상에게서 결코 충족될 수 없는 것은 낡음에 대한 황당무계한 욕망입니다. 로맨스는 바로 이 황당무계한 욕망, 즉 간극에서 발생하죠. 그런데—여기서의 그런데를 잘 설명하기 어려워서 한참을 헤맸습니다만—, 간극은 금세 메워지기 마련입니다. 그러니 간극을 유지한 채 로맨스를 발생시키는 건 대단히 어려운 일이지요. 코코는 이 대단히 어려운 일을 상상할 수 있는 것 이상으로 잘 해내는 인간의 한 종류를 보여줍니다. 그걸 어쩌면 남들이 멋대로 청소년이나 청년이라 부르고 있는 걸지도 모릅니다. 그런 범주에 묶어내지 않으면 왠지 불안하니까, 혹은 그런 범주에 묶어내야만 설명이 가능해서. 하지만 제 생각—그리고 이 생각은 O에게도 분명 전했는데, 제가 설명한 바로 그 의미에서—에 로맨스 인간은 결코 범주화되지 않습니다.

쿄코의 작품은 로맨스입니다.

지금 와서 생각해보면, 이 방에 앉아 O에게 '쿄코는 로맨스 작가지 학원물 작가나 청소년물 만화 작가가 아니야'라고 말했던 그 순간이야말로 코미디였던 거 같습니다. 그때만큼 제 자신이 지루한 인간(프티 부르주아 지망생)이라고 느낀 적은 없었을 겁니다.

저는 현실로 돌아옵니다. O는 이야기를 털어놓고 있습니다. 데이팅 앱으로 만난 사람의 음모가 얼마나 곱슬거리던지 웃음을 참을 수 없었다는 겁니다. 저는 제 음모를 지금 당장 확인해보거나 그렇지 않으면 죽고 싶습니다. 다들 그렇지 않나? 의문이 들지만 당장 확인해보는 건 안전하지 않습니다. 언제나 그렇듯 그림을 그리거나 낙서를 하고 글을 쓰는 게 최선이죠. 저는 창문, 창문을 봅니다. 창문은 언제나 그렇듯 적당한 크기입니다. 이중창은 아니지만, 크게 추위를 타지 않는다면 거뜬히 겨울을 날 수도 있지요. 적당히 불투명한 유리는 바깥의 빛을 일정 정도 통과시킵니다.

비가 내리는 도중에도 하늘이 맑은 빛을 띠는구나.

저는 생각했습니다. 변화야말로 내가 앞으로 나아가는 걸 방해하며 발목을 잡는다. 흔히들 변화야말로 새로운 세계를 열어준다고 믿는다. 그러나, 저는 제 생각을 황급히 받아 적었습니다. 무언가 중요한 생각을 하고 있다는 느낌이 들었기 때문입니다. 그러나, 네, 그러나, 나에게 변화라는 건 정지와 동의어다. 이 창문(저는 창문을 그렸습니다. 직사각형 두 개를 맞붙여 그린 뒤 십자가가 연상되도록 선 두 개를 교차시켜 그려 넣었지요)을 통해 보이는 하늘빛은 끊임없이 움직인다. 그걸 바라보는 나는 움직이지 못한다. 움직이는 걸 포착하기 위해서 누군가는 멈춰야 한다. 끊임없이 움직이는 새끼 염소를 도망가지 않게 잡아두기 위해선 한시도 눈을 떼서는 안 되는 것이다. 누군가가 대신 돌봐주지 않는다면 화장실에 가는 것도 힘들 것이다. (저는 핸드폰을 든 채로 화장실에 가고 싶었지만 갈 수가 없었습니다. 지금은 변화의 시간, 대화의 시간이기 때문입니다.) 방을 떠날 수 있게 되는 날은, 아마도 변화가 더 이상 기대되지 않는 날, 그러니까 일 년 내내 똑같은 하늘색이 지속되리라는 확신을 가질 수 있게 되는 날일 거라고 생각한다. 온점. 마침내 생각의 타래가 풀리고, 온몸의 긴장이 완화되었습니다.

고개를 들자 창밖엔 어둠이 가득했습니다. 어둠이 내리고 변화가 찾아왔지만, 변화에 대한 저의 인식이 변화하는 탓에 이를 알아차리지 못한 겁니다.

저는 허망한 마음에 펜을 놓았습니다. 갈 곳 없는 영혼이 배회할 곳은 이제 종이밖에는 없는 겁니다.

제가 쉰 한숨에 O가 말을 멈추었습니다.

뭐야? 아직도 집이야?

저는 외투를 집어 들고 부리나케 뛰어나갔습니다.

두 갈래로 나뉘는 길

번역기에 의하면, 늙은 몰티즈 볼보가 집을 나온 건 토니를 구출하기 위해서였다.

집. 고의. 탈출. 토니. 구하라. 생명.

이거야. 나는 테이블 위에 캡처한 사진을 띄운 핸드폰을 올려두었다.

"글쎄, 난 잘 모르겠다."

민은 볼보의 작고 흰 머리를 부드럽게 쓰다듬으며 말했다. 그의 손길에 볼보의 머리가 흔들리기 시작했다.

“얘가 그렇게 말했다고? 그거 때문에 부른 거야?” 볼보는 전혀 모르는 일이라는 듯이 졸린 눈을 천천히 껌뻑일 뿐이었다. 나는 말없이 기다렸고, 어느 순간 볼보의 머리가 두 앞발 사이로 푹 사라졌다. 낮잠이었다. 지켜보던 나는 그 순간 보드라운 개의 머리가 내 머리와 가볍게 겹쳐지는 것만 같은 느낌이 들어서 손을 들어 내 뒤통수를 가만히 만졌다. 희미한 감응이란 이런 걸지도 모른다는 생각이 들었다. 15시 43분. 오후에는 어떤 영혼이든 교환 가능할지도 모른다. 빛이 좋으니까. 번역기 없이도 저절로 이해가 될지도 모르지. 무엇이든 말이야. **교환. 시스템. 확신. 그런 거. 영혼도.** 나는 한숨을 쉬며 개로부터 고개를 돌렸다. 번역기가 들려준 토니 이야기를 정말 내가 믿는다면 내 처지를 비관할 게 아니라 당장이라도 볼보와 함께 토니를 찾아나서야 했다. 회사를 관둔 뒤 줄곧 집과 카페를 오가며 소설이라는 걸 붙들고 있던 나에게 마법처럼 새로운 이야기, 아니 이야기 같지만 이야기가 아닌 현실이 펼쳐지는 순간이 아닌가. 가슴이 두근거려야 마땅한데. 그러나 회사를 겨우 빠져나왔다는 민에게 커피를 사주면서 통장 잔고를 걱정하던 나의 모습이 떠오르자 나조차 나의 태평함에 몸서리가 쳐졌다. 한평생을 두고 보면 모든 주술적 상황은 순간일 뿐인 것이다. 나는 생각했다.

따지고 보면 민의 말이 맞긴 했다. 며칠을 두고 보면 다른 결과가 나왔을 것이다. 오늘 밤만 해도 당장 전혀 다른 단어들이 번역기에 나타날지도 모르는 일이었다. 장난이었다거나 악몽이었다고(악몽 꾸는 개가 있다고 들었다) 번역될 법한 단어들이 등장하여 모든 걸 원점으로 되돌릴 수도 있었다. 그쪽이 일반적으로 말하는 현실에 부합했다. 그러니까 현실적이었다. 그러나 어쩌겠는가. 나는 어젯밤 늙은 개 볼보의 주인 토니의 실종이나 사망, 중태, 납치 등을 두 눈으로 본 것만 같았고 행동하기를 미룰 수가 없었다……. 액정에 뜬 예상치 못한 단어들의 나열을 보자마자 평정심을 잃은 것이다. 나는 민에게 다급히 메시지를 보냈다. 이 늙은 개에게 비밀이 있는 것 같다고, 한시 빨리 볼보가 배회하던 구역에 가봐야 할 것 같으니 구출 장소를 알려달라고 말이다.

민은 다짜고짜 왜 이러냐며 역정을 냈다. 머리가 어떻게 된 거야? 짧은 음성 메시지였다. 지금 일하는 중이니 소설 얘기라면 주말에 하자는 내용이었다. 나는 그런 게 아니라고 급한 일이니 회사 앞으로 잠시 나올 수 있겠느냐고 메시지를 보냈다. 소설 이야기가 아니라 볼보 이야기야. 10시 18분이었고 밤을 새서 머리가 무거웠다. 그는 점심이 지나고 잠시 자리를 비울 수 있을 거 같다며, 별일이 아니면 가만두지 않겠다고 했다.

"볼보, 외출이다."

"……."

볼보가 꼬리를 흔들었다.

내가 볼보를 맡은 건 두 달 전부터였다. 민이 자기 대신 임시 보호를 해줄 수 있는지 물어온 것이다. 원룸 건물 주인이 개라면 질색을 하는데 임시 보호 중인 걸 들키고 말았다나. 동네에서 떠도는 걸 지켜보다가 데려왔어. 분명 주인이 있는 개인 거 같은데 칩 인식은 안 되고……. 형이 좀 맡아주면 좋겠어. 어차피 형은 집에서 지내잖아. 민은 조용한 개니까 소설 쓰기를 방해하는 일은 없을 것이라고 했다.

"그리고…… 내 집이기도 하잖아."

민이 말했다.

그랬다. 민의 말에 따르면 민은 독립적인 생활을 추구하는 것이지 독립을 한 게 아니었다. 민은 공동생활을 유지하는 동시에 개인적인 공간, 즉 '자기만의 방'을 가지고 있는 것뿐이었다. 나는 알았다고, 볼보인지 뭔지 하는 개를 '우리의 집'에서 보호하자고 답했다.

민은 일 년 전쯤부터 동거 생활을 청산하고 싶다는 의사—그가 레퍼런스라고 소개한 건 을유문화사에서 발간된 시몬 드 보부아르의 책 『아주 편안한 죽음』이었다. 동거 생활 청산을 뒷받침하는 내용이 어디에 나와? 내가 묻자 민은 가만히 고개를 저었다. 그냥 전부야, 전부 그 얘기야. 나중에 알았지만 책은 사르트르의 말년과 죽음을 보부아르의 입장에서 자전소설의 형식으로 써 내려간 것이었다. 민의 말이 맞는지 아닌지 판단하기 어려웠다. 동거하지 않았기 때문에 "아주 편안한 죽음"이 가능했다는 게 요지인 거야? 내가 묻자 민은 눈을 감더니 아주 살짝 고개를 끄덕였다—를 반복해서 내비치더니 결국 반년 전쯤에는 나의 만류에도 불구하고 둘이서 함께 전세금을 마련해 얻은 투룸으로부터 독립했다. 원룸으로 돌아간 것이다. 잘 생각해보면 민은 태어나서 세 번이나 독립했다. 민은 이번

만큼은 독립이 아니라 독립적인 생활이라고, 둘은 엄연히 다르다고 반박하겠지만 내 생각은 다르다. 민은 십여 년 전에 고등학교를 졸업하며 가족으로부터 어렵사리 '공간적으로' 독립했고, 사 년 전엔 어렵사리 드디어 '경제적으로' 독립했으며, 반년 전쯤엔 '땡땡적으로' 독립해버렸다. 이 땡땡적으로가 어느 순간부터 우리 사이를 멀어지게 만든 건 틀림없는데 나는 이게 무엇인지 갈피를 잡을 수가 없었다. 민이 나를 두고 떠났다는 사실—민은 이 표현을 극도로 싫어했다. 자기는 떠난 게 아니라면서—보다 내가 도저히 따라잡을 수 없는 자기 집중의 단계로 홀로 진입했다는 사실이 괴로웠다. 그리고 어느 오후 이런 이야기를 꺼내자 바로 비난이 날아와 꽂혔다.

"너무 자기만 아는 거 아니야?"

민은 빈정거렸다. 나는 반박하고 싶었지만 할 말이 없었다. 민이 이렇게 변한 게 전부 내 탓인 것만 같았기 때문이다. 지금도 그랬다.

"형, 넌 너무 자기중심적이야. 이런 걸로 회사에서 일하는 사람을 불러내는 게 비현실적인 짓이라는 생각은 안 들어?"

민은 웃음을 참느라 애쓰는 표정으로 말했다.
"난 그냥…… 그냥 좀 자유롭고 싶어. 내가 변하는 건 나 때문이지 형 때문이 아니니까. 그냥 좀 포기해."

"그리고," 민은 볼보를 쓰다듬던 손을 멈추었다. 눈이 붉게 타올랐다. 물론 지는 해 때문이었다.

빨리 말해. 이 또라이 새끼야. 잘난 척하지 마. 나는 생각했다. 울고 싶었다.

"알아내려고 해도 소용없어. 이사한 곳이 어디인지는 알려주지 않을 거야."

나는 그런 게 아니라고 했다. 나는 졸고 있는 자그마한 흰둥이 볼보를 가리키면서, 나를 뭘로 보는 거냐고 사람 목숨이 걸려 있다는데 그런 게 중요하냐고 화를 냈다. 그러나 민은 말려들지 않았다. 그저 차갑게 미소 지을 뿐이었다. 침묵이 흘렀다. 갑자기 이해할 수 없는 나른함이 나를 덮쳤다.

나는 졸고 있었다.

…….

…….

오늘도 오후에 일어났다는 사람이…….

그러게요.

얼핏 보기에는 볼보가 민과 대화를 나누는 것 같았다. 번역기 앱이 필요 없는 것 같다.

절친한 사이인가 보군.

늙은 몰티즈 자식. 민의 사주를 받는 거냐? 민의 스파이냐? **말해라. 고집쟁이.** 내 처지를 비관이라도 해야 하느냐고. 나는 꿈에서 깨어나기 위해 애썼지만 소용이 없었다. 주말 오후의 수마는 지독했다.

다음은 아주 선명한 대목이다.

민은 기나긴 대화 끝에 소용없다는 듯 고개를 좌우로 젓는다. 그리고 나더러 들으라는 듯이 큰 소리로 말한다. 아냐, 아냐. 이런 식으로는 아니야. 조금 더 분발하도록.

그리고 내가 깨어나기 전에 사무실로 돌아가버린다.

그랬구나, 볼보.

나는 집으로 곧장 돌아가고 싶지 않아서 볼보와 함께 청계천을 따라 두 시간 넘게 걸었다. 정신을 차렸을 땐 저녁 시간이 한참 지난 뒤였다. 배가 고파서 침이 고였다.

*

그 뒤로 일주일이 흘렀다. 나는 볼보에게서 몇 가지 단서를 더 얻기 위해 노력했지만, 늙은 개 볼보는 거의 반응이 없었다. 밥을 먹거나 배변 활동을 할 때를 제외하고는 거의 움직이지 않았다. 짖지도 않았다. 어디가 아픈가 싶어서 동물 병원에 데려갔지만, 수의사는 검사를 해보더니 그저 태어나기를 움직임이 많지 않고 느긋한 것뿐이니 안심해도 좋다고 했다.

"볼보, 얘 이름이 볼보죠? 음…… 볼보는 그냥 얌전한 것뿐이에요. 걱정하지 않아도 괜찮아요."

그냥 얌전한 개 볼보. 나는 그냥 얌전한 개 볼보의 느긋한 눈꺼풀을 가만히 쳐다보았다. 수의사의 말을 듣고 나니 이젠 까만 코조차도 얌전해 보였다. 개는 내가 보고 있는 걸 알아차렸는지 혀를 내밀어 코를 한 번 핥고는 머리를 두 앞발 사이로 푹 집어넣고 말았다.

분명 토니를 구해야 한다고 했잖아. 그런데 이렇게 태평하다니. 하아암. 태평한 볼보를 바라보고 있자니 온몸이 노곤해졌다. 하품이 나왔다.

"피곤하신가 봐요."

"아, 문제가 없다고 하시니 안심이 돼서……. 그럼 별다른 처방 없이 가면 될까요?"

이 깜찍한 개가 인간에게 숨겨야만 하는 비밀을 실수로 발설한 뒤 짐짓 모른 체하고 있는 것이 분명했다. 틀림없어. 나는 목줄을 걸기 위해 볼보에게 다가서다 말고 깨달았다.

분명 볼보였다. 중요한 이야기를 하다 말고 하품을 하거나 잠이 드는 습관이 생긴 건 얼마 전부터였다. 일전에 민을 만나는 자리에서 잠든 건 정말 어처구니없는 행동이었다. 바쁘다는 이유로 민이 나와 볼보를 만나주지 않은 지 한 달이 되어가던 참이었으니 그 자리는 무척 소중한 자리였다. 데이트나 다름없었는데. 민이 오해를 했을지도 모른다는 생각이 들어서 집으로 돌아와 '갑자기 잠들어서 미안해'라고 메시지를 보냈다. 그러나 민은 평소처럼 비아냥대는 답장조차 보내지 않았다. 관계의 회복이 쉽지가 않았다……. 어디서부터 무얼 회복해야 하는지도 모르겠어. 나는 그런 중요한 순간에 잠들고 만 나 자신을 탓할 수밖에 없었다. 전부 내 탓이라고 생각했다.

그런데 어쩌면…… 그때부터였다.

개의 말을 번역하려고 시도하고 나서부터야.

나는 어처구니가 없어서 속으로 웃음을 터뜨렸다. 볼보가 한쪽 귀를 실룩거렸다. 비밀을 알아낸 인간—그건 바로 나였다—에게 어마어마한 잠을 전염시켜서 더 이상 비밀에 접근하지 못하도록 만드는 게 개의 전략일지도 몰랐다. 그런 거라면 이해가 가능했다. 어처구니없는 낮잠은 분명 개에게서 전염되는 게 틀림없었다.

나는 미동도 없이 몸을 말고 있는 볼보를 들어 올렸다.

"아, 그런데 칩이 약간 망가졌네요. 인식이 안 되는데 새 걸로 교체하시는 건 어때요?"

수의사가 물었다. 나는 볼보를 임시 보호하게 된 사정을 간략히 설명하면서 내가 주인이 아닌데 칩을 교체해도 되는지 모르겠다고 했다.

"칩을 교체해버리면 볼보가 원래의 주인에게 영영 돌아갈 수 없게 되는 거 아닌가요?"

"음."

내 말을 주의 깊게 듣던 수의사가 말했다.

"칩에 저장된 정보를 읽어 들이는 부분은 고장

이 난 게 확실해요, 그런데 칩의 제조 정보가 담긴 부분은 그대로일지도 몰라요."

그는 볼보의 목 부위를 부드럽게 마사지하며 말했다. 시간이 조금 걸리겠지만 판독을 부탁하면 칩을 사용한 동물 병원을 알아낼 수 있을지도 모른다. 물론 그 목록이 최소한 수십 개에 달하겠지만 말이다.

"운이 좋아야 수십 개겠지요. 그래도 그 부분이 남아 있다면, 칩을 공급하는 업체뿐만 아니라 공급한 연월까지도 알아낼 수 있으니. 물건을 납품한 지역을 추적하기가 훨씬 수월해질 수도 있죠."

수의사 연—그제야 그의 가운 한쪽에 푸른색으로 새겨진 자수가 눈에 띄었다. 김연수, 소설가 김연수와 같았다—은 눈을 깜빡이더니 미안하다는 듯 손을 내저었다.

"이런, 제가 너무 앞서 나갔나요, 놀라셨죠."

그는 의자를 뒤로 쭉 빼더니 서랍을 뒤져서 종이 한 장을 꺼냈다.

"저는 이런 사람이기도 합니다. 인사가 늦었지요. 탐정 사무소도 운영하고 있습니다."

탐정 사무소 명함이었다. 그 뒤의 일은 매우 현

실적으로 진행되었다. 현실인지 무엇인지 제대로 파악할 새도 없이 시간이 흘러가버렸단 뜻이다. 내가 주저하며 '어, 저, 잘 모르겠는데요'라는 말을 반복하자 연은 깔끔하게 정리된 팸플릿을 꺼내어 보여주며 가격과 시간, 패키지 별 장점과 단점 등을 빠르게 설명해주었다.

"이걸로 선택하시면 가장 무난할 듯하네요. 볼보의 주인만 찾으면 되는 거죠?"

그는 수많은 수의사가 제 나름대로의 네트워크를 활용해서 투잡—그는 기다란 손가락으로 브이를 만들어 보였다—을 병행한다고 말해주었다. 티엠아이긴 하지만 사실입니다. 모두가 그런 건 아니지만요. 동물 병원만 운영해서는 먹고살기 어려운 탓도 있지만, 동물 병원을 운영하다 보면 별의별 사연을 듣게 되거든요. 그러다 보면 항상 수의사 업무라는 게 넓어져요. 광활해지거든요. 이런 것까지 내가 알아야 하나 싶은데 알게 되고요. 그러다 보면 나서서 도와주게 되죠. 일의 경계가 불명확하니 확실히 피곤함이 크더라고요, 어느 순간 정식으로 부업이라고 선언했죠. 그런데 일을 시작하고 보니 주변의 많은 수의사가 이미 탐정 사무소를 운영하고 있더라고요. 연은 말했다.

나는 나도 모르게, 아마 긴장을 풀기 위해서 하품을 했다.

"앗, 죄송합니다."

나는 흐르는 눈물을 닦으며 말했다.

"하하, 아니에요. 저도 다 알아요, 알지요."

그는 휘파람을 불어서 볼보의 주의를 끌었다. 볼보는 특별한 강아지인가 봐요. 보호자님께서 볼보의 느긋함에 전염되신 거 보니……. 그는 탐정 일까지 함께 맡기면 진료비를 할인해주겠다고 했다. 그러나 지금 결정하실 필요는 없답니다. 보호자님이 다시 오셔서 의뢰하시면 그때 조사 비용을 할인해드릴 수도 있어요.

나는 볼보를 건네받은 채, 파트너와 논의해보겠다고 말했다.

민과 논의할 생각은 전혀 없었다. 마음을 가라앉히기 위한 구실일 뿐이었다. 민은 이런 식의 전개를 끔찍이도 싫어했다. 볼보의 칩을 이용해서 조사를 하겠다는 식의 이야기를 꺼내면 분명히 '차라리 소설을 쓰라'며 비아냥거릴 게 분명했다. 비아냥거리면 다행이게. 그날의 반응을 생각해볼 때, 볼보의 주인을 알아내려는 나의 시도가 민의 '독립적인 생활'을 침해하는 행위로만 읽힐 가능성이 농후했다. 나는 깊은숨을 내쉬었다.

그러나 돈이 없었다. 조사 비용이 비싼 건 아니었지만…… 내 처지를 생각하자 한숨이 나왔다. 시간이 조금만 넉넉했다면 편의점 아르바이트를 해서 조사 비용을 댔을 것이다. 하지만 한시가 급한 일일지도 몰랐다……. 조급증이 났다. 무언가 놓치고 있는 게 있는 것만 같았다. 그게 뭘까? 집. 고의. 탈출. 토니. 구하라. 생명. 나는 다시 한번 사진을 띄운 채 단어들을 중얼거렸다. 볼보가 '당장 찾으러 가자'고 왈왈 짖기만 한다면 내가 놓치고 있는 게 무엇인지를 알 것만도 같았다. 그러나 볼보는 이불 위에서 곤히 잠들어 있었다. 깰 것 같지가 않았다. 요새는 새벽이 되어도 끙끙거리지 않았다.

나는 엎드려서 곰곰 생각하다가 민에게 메시지를 보냈다.

'민, 볼보 병원 다녀왔어. 검사비가 좀 나왔네.'

민에게 연락할 구실은 항상 필요했다. 병원 테이블에 얌전히 앉아 있는 볼보의 사진을 첨부했다. 근래 들어서는 돈 문제나 볼보 문제가 아니면 민과 얼굴을 붉히지 않고 대화를 나눌 수가 없었다. 명확한 이유가 있을 때만 대화하자고 정해둔 건 아니었지만 대화는 그렇게만 흘러갔다. 그렇게만, 그렇게만. 나는 중얼거렸다. 민에게 정말로 하고 싶은 말은 돌아오라는 말뿐이었다. 아니, 돌아오지 않아도 좋으니까 예전처럼 지내기만 하자고 말하고 싶었다. 너를 잃는 건 세계 하나를 잃는 것과 같다고, 그렇게 말하고 싶었다. 아닌가. 아니다. 사실은 사실이더라도 그런 식으로 말해서는 과장밖에 안 된다. 나를 믿어달라고 말하고 싶은 걸까. 아니면 그저 곁에 있어만 달라고 조르고 싶은 걸까. 민이 돌아오기를 바라는 건 확실했지만 그런 민에게서 원하는 바가 무엇인지는 나조차 확신할 수 없었다. 민은 이런 불확실함으로부터 도망친 걸지도 몰랐다. 원룸에서 투룸으로 이사를 한 일이 오히려 불확실함을 증폭시키고 만 것 같다며 후회하고 있는지도 모르지.

나는 액정을 만지작거리다가 메시지를 하나 더 보냈다. 민이 걱정할까 봐서.

'참, 별문제는 없대. 요새 너무 기운이 없어 보여서 데리고 간 거야. 괜찮다더라고.'

'얼만데?'

22시 18분이었다. 민의 취침 시각이 얼마 남지

않은 때였다. 씻고 나서 핸드폰을 본 게 틀림없었다.

나는 졸려서 눈을 비비는 민의 모습을 상상하며 답장을 보냈다.

'백만 원.'

눈을 질끈 감고 백만 원을 불렀다. 검사 비용에다가 조사 비용을 합친 것이었다. 연에게 의뢰를 부탁하지 않은 상태였지만 이미 내 마음은 조사를 맡기는 쪽으로 기울어 있었다. 민에게서 돈을 받아 선금을 지불하고, 잔금은 출판사 교정·교열 외주 비용을 받아서 충당한다. 민은 대체 어느 동물 병원이 기본 검사 비용을 그렇게 받느냐며 다시는 그 병원에 가지 말라고 했다. 아무래도 이상하다며 진료비 영수증을 보내달라고도. 그러나 다음 날 민은 어떤 이유에선지 몰라도 가타부타하지 않고 백만 원을 보내왔다. 심장이 덜컹 내려앉았다.

그러나 이미 벌어진 일이었다.

나는 당일 결제한 진료비 이십만 원을 제외한 팔십만 원을 김연수 명의의 계좌로 입금했다.

'안녕하세요, 김연수 선생님. 일전에 방문했던 볼보의 임시 보호자 강주형입니다…….'

연은 일 처리가 빠른 사람이었다. 시간이 나는 대로 볼보의 칩 제거 및 교체 수술부터 진행하자고 했다. 사흘 뒤 볼보는 '우리 집'을 거주지로 한 새로운 칩을 가지게 되었고, 나는 편안한 마음으로 새로운 소설에 착수할 수 있었다.

"볼보, 이제 네 집이 바뀌었네."

볼보는 눈꺼풀을 껌뻑였다.

민에게 메시지를 보냈다.

'민, 이야기하는 걸 깜빡했는데, 고장 났다던 볼보 칩 바꿨어……. 거주지나 보호자 등록이 제대로 된 상태여야 한다더라고. 보내준 돈으로 전부 해결했으니 염려 말고.'

민에게서는 여느 때와 같이 답장이 없었다.

*

"안영이요?"

연에게서 볼보에게 칩을 이식한 동물 병원의 소재지가 안영시라는 말을 전해 듣고는 온몸의 기운이 쫙 빠져나갔던 게 기억난다. 글쎄요, 주인의 이름이 뭐라고 했죠. 토니라고요. 토니라는 이름의 주민을 찾는 것까지는 불가능이에요. 저로서는 동물 병원의 소재지가 안영 시내라는 것 정도만 알려드릴 수 있을 것 같네요. 하지만 그렇게 특이한 이름이라면…… 어떻게든 찾아낼 수 있지 않을까요?

연은 이런 경우는 비일비재하다고 했다. 제주도에서 나고 자란 개가 양평에서 발견되기도 하고, 영주에서 태어난 개가 울릉도로 가기도 해요. 심지어 캔자스주로도 가죠. 이상한 일이 아니에요. 그러니 뉴욕은 왜 못 가겠어요. 서울과 안영이라면 사실 꽤나 가까운 거리죠. 가까운 거 같은데요? 한번 가보세요. 못 가볼 것도 없죠.

그의 논리에 따르면 서울과 안영은 지척이었다. 돌아가고 싶다면 얼마든지 돌아갈 수 있는 거리인 것이다. 그러나 그에게나 나에게 주어지지 않은 정보 한 조각이 있었으니, 그것은 내가 결코 알 수 없던 나의 미래였다. 그것은 번역기에게 번역기의 논리 외에는 다른 논리가 주어지지 않는 것과 같은 원리였다. 연에게 탐정 업무를 맡긴 지 얼마 지나지 않아서 민이 일방적으로 작별을 고한 것이었다.

"그럼, 볼보는?"

나는 다급하게 외쳤다. 민이 어째서 가타부타하지 않고 백만 원을 내줬는지 알 것 같았다. 모든 게 이별의 수순이었구나. 달리 할 수 있는 말이 없었다. 이제 우리 사이에 남은 거라곤 노견 볼보밖에 없다는 걸 아는 나의 마지막 외침이 안타까웠는지 민은 부드러운 미소를 지어 보였다.

"자기야." 목소리는 다정했다.

민은 당분간은 볼보를 위한 돈을 보내겠다고 했다. 걱정하지 마. 자기는 글을 써야 하니까……. 그는 말을 아꼈다. 집. 고의. 탈출. 토니. 구하라. 생명. 집. 고의. 탈출. 토니. 구하라. 생명. 나는 나도 모르게 이 여섯 개의 단어를 주문처럼 되뇌었다. 번역기에 의하면, 늙은 몰티즈 볼보가 집을 나온 건 토니를 구출하기 위해서였다. 분명했다. 그 밖에 어떤 해석이 가능하단 말일까.

"있지."

민은 순간 내 속마음을 읽은 듯 말했다. 나는 정답을 기대하며 숨을 멈췄다.

"정말 모르겠더라. 한 번 그렇게 보이니까 두 번, 세 번, 그리고 백 번을 봐도 그렇게 보이더라고. 그런 게 슬펐어. 슬퍼."

민이 정말로 그런 말을 했는지는 잘 모르겠다. 그저 내 기억이 왜곡된 것일 뿐일지도 모른다. 그러나 내가 나도 모르게 번역의 문제와 소설 쓰기의 문제, 그리고 '나'의 문제를 겹쳐서 생각함으로써 이 상황을 가늠해보려고 애썼던 것만은 사실이다. 이제 와서 어느 하나가 들어맞지 않는다고 느껴도 달리 방법이 없었다. 이미 한 번 그렇게 보인 단어의 조합이 어떤 방식으로 그 자신의 존재감을 굳건하게 만들어나가는지를, 나는 이 소설을 써 내려가면서 깨달았다. 다른 방법은 정말로 없었던 걸까? 민의 말대로 볼보를 따라다니며 다른 단서를 찾아내기 위해 애썼더라면 무언가 다른 이야기를 만들어냈을 수도 있었을까? 그러나 모든 것은 어떤 의미에서 과거가 되었다. 민이 사라지고 만 것이었다.

나는 안영으로 향했다.

주 단위로 넣고 있던 소액 적금을 깼다. 외주로 맡은 일은 안영에서도 할 수 있었다.

막연히 생각했다. 만약 안영에 가서 볼보의 과거 흔적을 찾아낸다면, 첫 번째 해석이 완전히 틀린 건 아닐 것이다. 첫 번째 해석이기만 해도 충분한 세상, 그런 세상이라면 뭔가 방법이 있을지도 몰랐다. 뭔가 틀린 걸 발견해낼 방법이, 그렇게 해서 내가 내가 아닌 채로 살아갈 방법이 있을지도 모른다.

볼보는 다행히도 멀미를 하지 않았다.

"그래, 무언가를 놓친 게 틀림없어."

안영행 고속버스 안에서 나는 무언가를 놓친 것뿐이니 괜찮다고, 무언가를 찾아내기만 한다면 이 이야기의 결락을 메울 수 있을 것이라고 스스로를 위로했다.

나는 민과의 재회를 꿈꾸고 있었다.

*

이제는 정말 볼보가 활약해야 할 때였다. 그러나 볼보는 태연자약한 얼굴로 안영 시내의 아스팔트를 킁킁댈 뿐이었다.

뭐야, 뭐야, 뭔가 있어?

나는 개밖에 모르는 바보처럼 (저기 개 바보가 있다고 안영 시내에 소문이라도 났으면 하는 마음으로) 소리 내어 볼보와 대화를 나눈다. 번역기 따위는 이제 필요도 없고 소용도 없어, 라는 심정이다. 될 대로 돼라. 그러나 될 대로만 되지도 말아라. 그런데 정해진 대로 일이 흘러갔으면 좋겠다는 자포자기의 마음이 생겨나면, 이상하게도 새로운 단서가 등장한다.

새로운 단서에게서 느껴졌으면 좋겠다.

이게 마지막이야, 라는 결기가 느껴졌으면 좋겠다.

상점가의 전봇대를 킁킁대는 볼보가 대견스럽다. 옳지, 잘한다. 옳지, 시원하게 싸버렸으면 좋겠다.

지나가는 안영 주민들이 가끔씩 뒤돌아본다.

무슨 일인가요.

무언가를 찾나 봐요. 우리가 도와줘요. 이렇게 말하며 뒤돌아보는 사람들은 없다.

숙소는 안영 고속버스 터미널 맞은편이다. 식당, 아기자기한 소품 숍, 심지어는 책방까지 있다. 천천히 걸어서 삼십 분이면 항구까지 걸어갈 수 있는 거리다.

볼보를 잠시 편의점 앞 테이블 다리에 묶어둔 뒤, 편의점에 들어가 저녁 도시락을 산다. 볼보에게는 무엇을 줄까. 볼보에게는 물과 사료를 주지. 끈을 풀면서 맞은편 터미널에 임시 정차한 버스가 털털대며 매연을 뿜어내는 걸 본다. 이 시각에 도착한 여행객에게서만 볼 수 있는 피로한 미소가 있다. "그렇지?" 나는 볼보에게 큰 소리로 묻고, 볼보는 언제나 그렇듯 별다른 반응을 보이지 않는다.

눈을 껌뻑거릴 뿐이다.

그래도 좋아.

나는 중얼거린다.

1층 데스크의 주인에게 고개를 꾸벅 숙여 인사한 뒤, 볼보를 안아서 2층 방으로 올라간다. 이 정도면 쾌적하다. 더블 침대가 하나 있다. 바닥이 대리석 재질이어서 차갑지만 이 편이 오히려 잘됐다. 볼보는 배변 실수는 거의 하지 않지만 가끔 발바닥에 소변을 묻히고 돌아다니기도 하니까.

노트북을 펼쳐놓을 만한 작은 테이블이 하나 있다.

원래 안 되는데…….

원래 안 되는데 개와 함께 묵게 해주다니 좋은 사람이다, 나는 빈 화면에다가 썼다. 여전히 민에게는 아무런 연락이 없었다. 해가 지고 있었다.

—「민을 잃어버림」

나와 볼보는 도착한 지 이틀 만에 토니와 마주쳤다. 연이 알려준 동물 병원 목록을 띄운 채 안영 시내를 걷고 있는데 누군가가 말을 걸어왔다. 그가 바로 토니였다. 그는 아주 정중한 말투로 이 개가 당신 개냐고 물어왔다. 나는 기다렸다는 듯이 대꾸했다. 아니라고, 이 개는 내 개가 아니라고. 이 개는 잠시 자기 자신의 집을 떠나왔지만 그건 자기 자신을 위해서가 아니라 주인을 위해서였다고. 목숨을 건 결단이고 모험이었으리라고 생각합니다. 생각지도 못한 말들이 내 입을 통해 흘러나왔다. 다리가 떨렸다.

"아, 그렇군요."

이 개가 나의 개라고 말하면 지체 없이 수긍하고 자신의 길을 갈 것만 같은 얼굴로 서 있던 그는 놀란 눈으로 나를 마주 보았다. 나중에 그가 말하길, 말을 끝마치는 내 얼굴이 심하게 일그러져 있어서 곧이라도 울 것 같았다고 했다.

그는 잠시 머뭇거리더니 항구로 가고 싶다면 안내해줄 수 있다고, 그런데 그전에 잠시 가게에 들러야 할 것 같다고 말한다.

"커피를 사러 잠시 나온 건데……. 오늘 하루 휴무라고 써 붙이고 나오려고요."

숙소가 있는 방향으로 길을 되짚어 걸어간다. 버스 터미널 옆에 위치한 야트막한 언덕을 걸어 올라가자 작은 상점들 서너 개가 나타난다. 그중 하나가 토니가 운영하는 책방이다.

"당신 개, 아니, 당신 개가 아니지만 당신과 함께 걷고 있는 그 개에게 줄 물이라도 준비해서 갈까요?"

어떤 방식으로 볼보와 작별해야 할지를 고민하고 있던 나는 깜짝 놀라서 볼보를 쳐다본다. 볼보는 평온한 표정으로 바닥에 앉아 있다.

나는 잠시 고민하다가 말한다.

"이 개의 이름은 볼보예요."

그는 웃어 보인다. 볼보군요. 볼보가 그의 부름에 왕 하고 가볍게 짖는다.

"나는 김창현입니다. 토니라고 불러주세요."

김창현과 들른 카페는 오래된 단층집을 개조해 만든 곳으로 해가 잘 들었다. 항구로 가는 길은 여기가 아니라 저기지만, 어차피 작은 도시니 여기를 경유한다고 해서 목적지가 그렇게 멀어지는 것도 아니라고, 조금 쉬었다가 가도 늦지 않을 거라고, 돌고 돌아서 걷다 보면 같은 곳에 도착하게 된다고 그는 말했다. 이 도시의 매력이죠.

"뭐랄까, 사실 처음에는 이 도시의 크기에 적응이 안 됐어요. 좀 갑갑하게 느껴졌달까. 시간도 다르게 흐르는 것 같았죠."

확실히 그랬다. 그의 제안에 따라 카페에서 잠시 목을 축인 뒤, 일어서서 다시 걸은 지 십 분 만에 바다가 모습을 드러냈다. 다섯 블록 만이었다.

"금방인데요?"

바다는 좋았다. 바다는 평온했다. 무언가가 너무 쉽게 해결된 기분이 들어서 얼떨떨한 기분이 든 나는 김창현에게 다시 한번 아까의 카페가 있던 거리로 걸어가보고 싶다고 했다. 외벽을 하얗게 칠한 그 카페는 제자리에 그대로 서 있었다. 카페의 양편으로는 평범한 주택이 있었고, 행인은 거의 보이지 않았다.

"이런 카페나 문화 공간이 가끔 생기고는 해요. 주로 외지인이 와서 운영하는 공간이죠."

나와 김창현, 그리고 볼보는 그 카페 주택을 당일 산책의 기점으로 삼기로 했고, 그 앞에 잠시 멈춰 선 채로 여기서부터 어디로 가면 좋은 산책이 될 것인지에 대해 상의했다. 물론 볼보는 아무 말이 없었다. 눈만 껌뻑일 뿐이었다. 이미 바다는 다녀왔다. 항구도 보았다.

항구를 따라 늘어선 횟집과 편의점, 민박도 보았고, 대낮부터 소주병을 기울이며 회를 먹는 관광객도 여럿 보았다. 그러나 반대편에서부터 접근한다면 조금 다르게 보일지도 모르죠.

적어도 사람이 바뀌어 있을지도 모르잖아요.

음.

나는 김창현의 말에 동의했고, 이번에는 카페 주택을 기준으로 왼쪽으로 가보기로 했다.

딱히 다를 것은 없었지만 첫 번째 경로에서 보지 못했던 주택을 몇 채 볼 수 있었다. 사람은 여전히 없었고, 해도 여전히 밝았다. 나와 김창현, 볼보는 그 길을 따라 쭉 걷다가 왼쪽으로 다시 한번 꺾었던 것 같다. 두 갈래로 나뉘는 작은 골목길이 나왔는데, 길이 두 갈래로 갈라지는 바로 그 지점에 구멍가게가 있었다. 수십 개의 관상용 화분이 문 앞은 물론이고 가게 전면 대부분을 가로막고 있어서 이 동네에 오래 산 주민이라고 해도 그곳으로 들어갈 문을 찾지 못할 정도였다.

내가 그 작은 가게의 존재를 알아챈 것은 두 갈래로 갈라지는 길로 다시 돌아왔을 때였다. 모든 게, 모든 반복이 자연스러웠다. 혹시나 해서 처음에 선택하지 않은 다른 길을 택했지만 길은 결국 바다로 이어졌다. 바다는 아름다웠고, 때맞춰 물의 빛깔이 변하고 있었다. 자전거 몇 대와 소형차 여러 대가 나와 김창현, 볼보 곁을 스쳐 지나갔다. 날씨가 좋았다.

"정말 작은 도시네요."

김창현은 볼보의 머리를 쓰다듬으며 고개를 끄덕였다.

"매일 이렇게 바다를 볼 수 있는 게 좋아요. 그게 전부죠. 볼보도 좋지?"

볼보는 눈을 거의 감은 채였다.

"안아봐도 되나요?"

김창현이 물었고, 나는 물론이라고, 물론 안아보아도 좋다고 볼보를 대신해 말했다. 이 개의 말에 따르면, 이 개는 제 개이지만 당신의 개이기도 하거든요.

김창현의 품에 안긴 개의 흰 털이 휘휘 날리고. 바닷바람이 불고, 나는 울기 시작한다. 김창현과 김창현의 개가 아니지만 나의 개도 아닌 몰티즈 볼보가 놀라서 나를 쳐다본다.

"내가 왜 울지요?"

김창현은 자기도 모른다고, 당신도 모르고 볼보도 모른다고 말한다. 내가 울음을 그칠 때까지 기다려준다. 그리고 묻는다. 그러니까 이 개가 말했나요? 토니를 구해야 한다고 말했나요? 나는 그렇다고, 그런데 그게 사실인지 아닌지 잘 모른다고, 모르면서 여기까지 왔다고 말한다.

나는 결말이 없다는 걸 깨닫고 싶지 않았다고 말한다. 말했을 것이다.

그래서 개가 떠난 건 아닐까요?

둘 중 하나가 말한다.

그래서라니요?

모르겠어요.

모르겠어요.

…….

우리는 바닷바람을 맞으면서 서 있었다. 서 있다.

토니, 나, 볼보, 그리고 김창현.

대답해보세요.

이것을 잊어버릴까요? 나는 그와 헤어지면서 묻는다. 그는 한쪽 다리에 비해 짧은 다른 한쪽 다리를, 고속 터미널을 받치고 있는 기둥 어딘가에 기댄 채로 비스듬히 서 있다. 모르겠어요. 모르겠어요. 이제 그는 노래하듯이 말한다. 당신이 쓴 글은 아주 좋습니다. 왜냐하면 당신이 쓴 글은 거짓말이기 때문이에요. 토니는 강사였던 시절의 실력을 십분 발휘하여 당신의 소설을 읽어보겠노라고, 그리고 기억하겠노라고 말한다. 그러나 내가 사랑하고 나를 사랑하던 개가 사라진 건 사실이고, 내가 아팠던 것도 사실입니다. 당신이 토니를 만난 것도 사실입니다. 비록 당신이 만나고자 했던 토니는 아니지만요.

그러면 저는 어떻게 되나요?

나는 매달리듯 묻는다. 마지막으로.

글쎄요. 우리는 어디에나 있고, 그러나 어디에나 있어서 어디에도 없는 게 되어버리는 그런 것. 그런 것처럼요. 잊히지 않을까요. 그러나 살아 있는 건 맞는 것 같아요. 교환되는 건 없으니까.

그는 아마도 이렇게 말했을 것이다. 그의 말에 따르면, 그는 뛰어난 강사였으니까. 안영에서의 마지막 순간을 떠올리면 말들은 매번 춤을 추듯이 어지럽게 흔들린다. 무엇을 듣고, 무엇을 듣지 못한 걸까.

볼보는 몸을 만 채 잠들어 있었고, 나는 긴 한숨

을 내쉬었다. 버스가 천천히 움직였다.

토니가 힘껏 손을 흔들어주었다. 그의 몸이 좌우로 심하게 흔들렸다.

*

토니는 자신이 기르던 개가 사라진 건 맞고 자신이 작년 한 해 동안 투병을 한 것도 맞다고 한다. 그러나 지금은 회복했고 괜찮다고, 그리고 이 개가 자신이 기르던 개와 닮기는 닮았지만 자신의 개는 아닌 것 같다고 한다. 당신에게 그 개가 당신의 개냐고 물은 건 이 개와 나의 개였던 개가 닮았기 때문이 아니라 이 개를 데리고 정처 없이 걸어 다니는 당신이 나와 닮았다고 느껴졌기 때문입니다. 그는 이어서 말한다. 여기 처음에 왔을 때 그 개를 만났습니다. 그 개는 이 '볼보'처럼 얌전하고 늙은 하얀 개였습니다. 그는 서울에서 시간강사 생활을 하다가 연고가 없는 이곳 안영으로 내려와 책방을 열게 되었다고, 그런데 그게 현실처럼 느껴지지가 않아서 무척 힘들었다고 말한다. 그럴 때면 토니는, 그러니까 자기 자신이 여기서 무엇을 하고 있는지 확신이 서지 않을 때면 토니는 개와 함께 기나긴 산책을 한다. 산책을 한다.

"그게 도움이 되었나요?"

토니는 모르겠다고, 사실은 잘 기억이 나지 않는다고 답하며 웃는다. 기억나는 건 정처 없이 걸었다는 사실뿐이고 그 순간을 어떻게 지나왔는지는 언제나 까마득한 것 같아요. 그래서일까요. 이다음 번에 사는 게 불투명해지면 또다시 걸을 수밖에 없을 것 같다고 그는 말한다. 무엇을 모르고 있는지 그 순간에 알아차릴 수 있는 사람이라면 걷는 일도 없을 것 같다. 그런데 무엇을 모르고 있는지 그 순간에 알아차릴 수 있는 사람이라면 사실은 사람이 아닌 게 아닐까요. 사람이라면 결국 기억이 잘 나지 않아서, 기억이 잘 나지 않아서 자꾸 걸어야 하는 거 같다고 말한다. 그런데 그러다 보면 내가 그 시절에 걸었던 게 꿈이었는지 현실이었는지도 불확실해지는 거 같아요. 지어낸 거 아닌가? 힘든 적도 없었던 게 아닌가? 그냥 힘든 탓을 대고 무작정 시간을 낭비하고 싶었던 건 아닐까? 그런 생각이 들고, 그런 생각이 들면 갑자기 깨달아요. 아, 이런 생각이 들다니 분명 시간을 건너뛴 게 분명해, 라고요. 그러면 까마득한 시간과 시간의 사이, 그러니까 그 중간 구간은 사라진 게 되는 것 같아요. 분명히 보았지만 분명히 본 게 아닌 듯 사라지고 마는 강아지풀처럼. 돌처럼. 빛처럼. 어디에나 있고, 그러나 어디에나 있어서 어디에도 없는 게 되어버리는 그런 것. 그런 것처럼요. 확신할 수 없는 시절. 확신할 수 없는 어려움. 확신할 수 없어서 더더욱 크게만 느껴지던 감정이 있었지. 내게도 있었지. 그런 게 있어야만 사람인 것만 같은데, 그런데 결국 그런 게 없어서 텅 빈 채로 살아가는 게 나라는 사람인 것만 같다고 그는 말한다. 그는 화가 난다. 그렇다고 해서 그 개가 사라질 필요는 없었는데. 그 개는 내가 시키지도 않았는데 그 어둡고 힘들었던 시절을 안고 어디론가 사라져버렸다.

"그래서 화가 났나요?"

내가 묻는다. 토니는 고개를 끄덕인다. 그 개는 끝까지 내 곁을 지키지는 않았다. 내가 아플 때 곁에 있어 주지 않았다. 되뇌면서 그 개는 나쁘다. 그 개에게 서운하다. 스스로 말했지만 결국 그 개는 사라져버리고 말았기 때문에 그 개에게 어떤 감정도 가질 수가 없는 것 또한 사실이라고. 감정이 멈추고 말았다고. 어떤 것도 확실히 고마워하거나 미안해할 수가 없다고, 그래서 죄책감이나 책임감도 없다고 쓸쓸하게 쓸쓸하게 그는 털어놓는다.

—「토니가 말하길」

*

"차라리 소설이라고 해라."

자기 물건을 챙겨 가겠다고 들른 민은 나의 안영 여행 이야기를 듣더니 말했다. 일방적인 이별 통보를 들은 지 삼 주 만이었다.

정말로 토니라는 사람을 찾으러 가다니 너답다.

민은 피식 웃었다. 당해낼 수 없다는 표정이었다. 그 순간 나는 민이 진실을 말하지 않더라도 괜찮다고 진심으로 생각했다. 정말이지 괜찮았다.

이 모든 게 사실인지 아닌지 모른다고, 그런 것도 모르면서, 그런 것도 모르기 때문에 이곳으로 돌아올 수 있었다고 나는 생각했다. 생각할 수 있었다. 내가 생각하니까 볼보가 잠이 들었다. 잠이 든다. 잠이 든다. 그리고 나는 잠들기 직전이다. 그리고 너는 나쁘다. 너에게 서운하다. 스스로에게 말하지만 결국 사라져버리기 때문에 사라져버리고 없는 감정이 그래서 할 수 없었던 말이 볼보와 닮은 어느 낯선 개의 형태를 하고 오후의 창문 너머로 건너갈 것이었다.

민은 커다란 배낭을 멘 채 현관문을 열었다.

에세이

쓰지 못한 것들

「갱들의 어머니」를 쓰고 나서 갱들 연작을 몇 편 더 쓰려고 했었다. 그중 한 편의 제목이 「파리 유학」이다. 이 소설을 위한 메모가 사라지고 말았지만 어떤 내용이었는지 대충은 기억해낼 수 있다. 이십 대 중반의 주인공이 파리 유학을 가려고 한다. 주인공의 애인은 그를 말리려고 한다. 둘은 을지로에서 만나는데, 주인공의 파리 유학에 대해서가 아니라 갱에 대해서 이야기를 나눈다. 갱이라는 존재가 중대한 사회적 이슈가 되었기 때문이다.

그 애인이라는 작자가 갱 이야기를 꺼냈기 때문

에 더 이상 기영(이름은 아무거나 빌려 쓰기로 하자)은 파리의 '파' 자(字)도 꺼낼 수 없게 된다. 애인은 그 도시보다 더 중요한 게 있다면서 기영의 느낌이나 생각을 자꾸만 다른 방향으로 끌고 가려 하고, 그게 뭔데? 기영은 묻는다. 그게…… 그게 뭐냐면, 애인의 입에서 나오는 단어는 또다시 갱이다. 실망한 기영은 돌아가려고 하지만 백수 애인은 오늘 하루만이라도 밤새 을지로 거리를 함께 걷자고 조른다. 갱이니 뭐니 하는 시시한 이야기를 늘어놓으면서? 기영은 영 내키지 않지만 정(情) 때문에 도심의 골목을 배회하게 되고…… 그러다 이해할 수 없는 사건에 휘말려서 전혀 다른 층위의 현실로 넘어가게 된다. 살인 사건이 일어날까? 이게 내가 쓰려던 소설의 느낌(구성이 아니라)이다. 느낌에만 충실하다면, 이야기의 구성은 얼마든지 달라져도 좋다.

장르도 얼마든지 달라질 수 있다. 스릴러가 되어도 좋고, 탐정소설이 되어도 좋다. 신파가 될 수도 있을까? 그럴지도. 처음에 떠올렸던 이야기는 이게 아니었을지도 모른다는 생각이 들지만 상관없다. 어차피 처음과는 달라질 이야기였을 테니까.

나의 경우, 느낌에서부터 구조나 줄거리를 얻는

다. 특정한 결과를 얻기 위해 구조나 줄거리를 설계하는 경우는 거의 없는데, 그렇게 하고 싶어도 할 수가 없기 때문이다. 특정한 원칙이나 방법을 따르는 일이 내게는 몹시 어렵다. 그런 일을 하려고 했다면 글쓰기가 아닌 다른 일을 하는 편이 나았을 것이다. 나는 내가 대개 어쩔 수 없이, 그리고 때로는 흔쾌히 느낌에 매달린다는 걸 받아들이기 위해 노력한다. 내게 느낌은 무정형이 아니다. 그렇게 생각해야만 이 모든 게 말이 된다. 느낌은 아주 명확한 시나리오를 가지고 있다.

느낌은 결정(結晶, crystal)적이고 전략적이다. 그것은 이런저런 조건을 충족할 것을 강력히 요구한다. 이 길을 따르라거나 저 건물을 배경으로 서야 한다고 고집을 피우는 것이다. 훨씬 더 구체적이어야 한다고, 그것은 말한다.

느낌이 느낌과는 전혀 다른 것이라고 생각하면 많은 게 해결된다. 적어도 나의 경우엔 그랬다. 이야기가 찾아오면 이야기를 이야기가 아니라 느낌이라고 받아들이려 했고, 그런 방식으로 이야기를 온전히 보전할 수 있었다. 느낌만 오는 경우는 없었다. 느낌은 뭔가를 끌고 온다. 냄새나 벽지, 껌 같은 것 말이다. 그것은 언제라도 돌아갈 수 있는 시작 지점 같은 것이다.

*

더 중요한 게 있다는 말을 들으면 어떤 반응을 보여야 할까? 그걸 정말로 믿느냐 믿지 않느냐는 중요하지 않다. 더 중요한 게 대체 무엇인지를 이해하는 것도 중요하지 않다. 중요한 건, 더 중요한 게 있다는 말이 어떤 방식으로 현실을 뒤바꿔버리느냐다. 뭐가 덜 중요하고 뭐가 더 중요한지를 대체 누가 판별할 수 있단 말인가?

기영이 뒷골목을 배회하는 수상한 사람이 되는 것도 '더 중요한 게 있다'는 말 때문이다. 물론 그래서 모든 게 더 재밌어지기는 하지만…….

재미는 이해를 보장하지 않으며, 또 언제나 환영받는 것도 아니다. 재미는 이상하리만치 인기가 없다.

사람들은 이렇게 말한다.

"그것 참 재밌네요."

*

작년 여름에는 환상 문학이지만 환상 문학처럼 보이지 않는 소품(小品)을 주로 썼다. 미발표작인 「세 아이들」은 아이들과 아이들을 데리고 나온 아버지(로 보이는 남성)가 산책을 하는 이야기다. 일상적인 장면이 환상으로 변모하는 순간을 쓰고 싶었다. 그런데 이때의 환상은 그다지 극적인 게 아니어서 내가 누군가에게 '이건 환상이에요'라고 말해주지 않는다면 아무도 알아채지 못할 정도로 희미한 것이었다. 나조차도 환상을 판별해내지 못할 정도로 희미한 것. 그게 바로 내가 원하던 환상이었다. '현실과 똑같은 환상' '현실과 겹쳐져서 분리가 되지 않는 현실적인 환상' 말이다. 현실의 시간과 공간을 점유하고 있는 환상. 한 번도 현실이 아닌 적이 없는 투명 망토 같은 것.

「풀독」이라는 소설을 쓰려고도 했었다. 아이디어는 다음과 같다. 천변을 따라 달리기를 하는 기영의 맨다리에 풀잎 하나가 스친다. 독이 오른다. 이 사건을 기점으로 기영의 일상에서 이해할 수 없는 일들이 벌어진다. 그러나 풀독과 풀독이 오른 이후의 사건들은 아무런 관련이 없다. 정말로 아무런 관련이 없어야 한다. 작가나 주인공인 '나'가 현실의 이러한 속성—정말로 아무런 관련이 없음!—을 어떻게든 견뎌내야 한다는 게 이 쓰이지 않은 소설의 핵심일 터였다.

나는 글쓰기에서 현실을 왜곡하는 일이 필수라고 생각하는데, "완성을 위해선 작품을 살짝 망쳐놓을 줄도 알아야"* 하기 때문이다.

내가 생각하는 현실과 글이 생각하는 현실이 있다면, 글이 생각하는 현실 쪽으로 향하는 편이 좋다. 나는 그 외의 다른 방법을 알지 못한다.

*

두 개의 꿈을 꾸었다. 첫 번째 꿈에서 나는 고장난 엘리베이터를 타고 있었다. 엘리베이터가 좀처럼 멈추질 않았다. 엘리베이터는 계속 올라갔다. 올라가고, 올라가고, 올라가고. 과연 이 엘리베이터가 멈추긴 하는 건지 의심이 들 무렵, 드디어 15층에 도착했다. 그러

* 배리 기포드, 「튀니지 노트」, 『스타호텔 584호실』, 최필원, 그책, 2010.

나 문이 열리고, 나는 이 멍청한 기구가 15층보다 훨씬 더 높은 비밀스러운 장소에 도달했다는 걸 알아차린다. 15가 15가 아니었던 것이다. 거긴 23층, 혹은 23층 그 이상이었다. 나는 닫힘 버튼을 눌렀다. 그러나 숫자와 실제 층이 대응하지 않으니 어떤 버튼을 눌러야 할지 알 수가 없었다. 게다가 (그때서야 깨달은 바로는) 나는 내가 가고 싶은 층수를 모르고 있었다. 그곳이 그곳이 맞는지는 오직 두 눈으로 봐야만 확신할 수 있는 상황이었다. 대체 어디로 가고 있나요?

버튼을 적당히 누른 뒤 고개를 내밀어 도착지를 일일이 확인하는 수밖에 없었다. 나는 그렇게 하기로 한다.

너무 급한데.

15 아래에는 14가 아니라 12나 13이 적혀 있다. 난 그걸 눌러봤자 12나 13과는 전혀 무관한 곳으로 가게 되리라는 걸 알고 있다.

난 이 사람이랑 절대 키스하지 못할 거야.

나는 내 옆에 서 있는 사람을 의식하며 생각했다. 키스하기 위해선 그곳으로 가야만 했던 것이다.

두 번째 꿈은 간단하다. 급히 어딘가로 가야 했

던 나는 택시를 잡기로 한다. 도로의 흐름을 살펴보니 맞은편으로 건너야 한다. 나는 건넌다. 택시 앱을 켜는데, 문득 차의 흐름이 아까와는 달라졌다는 걸 깨닫는다. 우. 말도 안 되는걸. 그러나 나는 내가 하고자 하는 일을 방해하는 꿈의 흐름에 익숙하다. 통행의 방향이 바뀌었다. 우회전을 하고 싶은 사람은 반대편으로 건너가야 한다.

나는 그렇게 한다.

해설

김유림의 픽션들

— 최가은(문학평론가)

1

김유림에게는 도무지 참을 수 없는 문학적 문제가 있는 것처럼 보인다. 이 글에서 나는 수차례 '김유림'을 언급할 텐데, 이때의 김유림은 한 사람 혹은 김유림의 작품 세계와 같은 총체적인 무엇이기보다는 다음과 같은 것을 의미한다. 참을 수 없는 문학적 주제, 아니 문제, 아니 그 문제를 주제화하려는 김유림의 문학적인 문제. 결국 나는 이 글이 반드시 그것에 미달하거나 초과할 것을 알지만 '김유림'이라는 이름으로 제시할 수밖에 없는, 동시에 그 이름을 통과하면서 그것에 한층 가까워질, 그러한 문학적 문제에 관해 말하려는 것이다.

그런데 그 문제란 대체 무엇인가? 어쩌면 그것은 「핸드폰을 든 채로 죽으면 안 돼」의 '나'가 마침내 누설하고야 말았듯, "죽고 싶었던 순간에 대한 짧은 기록"을 "매번 새롭게 작성"하는 일에 관한 문제일 수 있다. 그의 말마따나 우리의 욕망은 순간적이고, 글쓰기는 그것을 지난하고 다양한 형태로 반복하게 하는 장치이다. 우리가 알기론, 이미 많은 작가들이 바로 이 문제와 관계 맺기 위해 '글쓰기'라는 것의 생리를 탐구하고 그것에 뛰어들었다. 『갱들의 어머니』는 이 유구한 글쓰기의 역사와 핵심적인 것을 공유하는 김유림의 '문제'를 무엇보다도 소설적으로 구현하는 데 집중한다. 비록 이 소설집의 소설들이 대체로 소설처럼 보이지는 않는다 해도 말이다.

'소설 같지 않은'이란 수식어에는 얼마간 식상하고도 부정확한 데가 있지만, 김유림의 소설을 읽은 우리는 확실히 그런 느낌을 받는다. 그의 소설은 소설, 더 정확히는 어떤 '이야기'에 관해 이야기하는 소설이며, 정작 그것의 내용은 들려주지 않으면서도 용케 이야기로 머무는 소설이기 때문이다. 하지만 소설이 아닌 것 같은 이 소설들은 "산문을 쓰는 것과 소설을 쓰는 것이 다르고 소설을 쓰는 것과 시를 쓰는 것이 다른 것"이 인지상정인 바, "그 인지상정의 문제로 말미암아" 김유림이 "「갱들의 어머니」라는 소설"을 쓰는 것을 "또 다른 문제"로 만든다. 이에 따라 소설 속 인물(들), 그리고 우리의 독서에 끊임없이 끼어드는 우리 자신의 다음과 같은 질문은 오히려 김유림과 함께 그 '소설적인 것의 문제'를 (재)구성하게 되는 것이다.

"차라리 소설을 써라."

2

이 "또 다른 문제"에 김유림식으로, 즉 '우회적으로' 접근하기 위해 이러한 주장을 해보려 한다. 우리가 앞서 읽었던 세 편의 소설은 (그리고 후에 분명해지겠지만, 김유림의 또 다른 소설인 『그래서 나는 이야기를 시작했다』*

* 말문, 2022.

는) 모두 탐정 이야기이다. 이것은 세 편(혹은 네 편)의 소설이 탐정 이야기의 구조를 갖추고 있다는 의미이자, 동시에 김유림이라는 '문제'의 소설적 구조가 정확히 그런 식으로 구현된다는 의미까지 함축한다.

『갱들의 어머니』가 탐정 이야기인 이유는—물론 「두 갈래로 나뉘는 길」에 진짜 탐정이 등장하기는 하지만—이들 소설이 미스테리한 범죄 사건을 해결해 나가기 때문은 아니다. 그보다는 김유림의 소설이 항상 어느 지점에서 완결된 '서술'을 필요로 한다는 점, 더 정확히는 서술을 기대하게 만든다는 점이 그것을 탐정 이야기로 만든다. 말하자면, 우리는 『갱들의 어머니』를 읽으며 그래서 이게 대체 무슨 이야기를 위한 것인지, 소설 속에 흩뿌려진 단서(로 보이는 것)들을 가지고 최종적으로 어떤 진실에 다다르게 될 것인지 설명받기를 기대한다. 이러한 우리의 기대는 탐정이 범죄 사건의 범인을 폭로하는 것에서 그치지 않고, 해당 사건을 한 편의 제대로 된 '이야기'로서 재구성해줄 것을 기다리는 독자의 기대와 닮아 있다.

그렇다면 자연스레 다음의 질문이 제기된다. 『갱들의 어머니』를 탐정 이야기로 만드는 사건은 무엇인가? 세 편의 소설은 각기 다른 이야기를 하고 있지만, 실은 유사한 구조를 반복하며 오직 그것만으로 소설을 전개한다는 공통점을 지닌다. 첫째, 소설은 모두 '이야기'를 시작해야 한다는 강박에 휩싸인 한 인물로부터 시작된다. 둘째, 이 인물 주변의 모든 환경 역시 오로지 그 '이야기'를 둘러싸고 전개된다. '잃어버린 것'이라는 소설적 테마를 상기하는 늙은 몰티즈의 번역기, 이유 없이 '나'를 찾아오는 검은 형상의 갱들, 직사각형의 배열 속에 숨겨지고 드러나는 '나'의 비밀, 이 모든 것 앞에서 서성이는 '나'에게 차라리 소설을 쓰라고 핀잔을 주는 (떠나간) 애인, 소설은 그렇게 쓰는 것이 아니라고 (혹은 이렇게 쓰는 것이라고) 경고하는 친구들……. 이들은 모두 무엇이 소설인가를 둘러싼 담론이며, 그 자체로 소설을 강제하는 장치이다.

> 그저 벤치에 앉아 있으면, 어느새 갱들이 나타난다. (「갱들의 어머니」)

> 자, 이제 시작입니다. 현관문을 기준으로 오른쪽을 보면 작고 오래된 신발장이 있습니다. 다이소에서

산 작은 구둣주걱 하나를 거기 걸어뒀습니다. 그러나 이런 세세한 것까지 그림에 그릴 수는 없겠죠. 그저 작은 직사각형 하나를 오른쪽 벽면에 붙여보도록 합시다. 세로선 하나, 가로선 하나입니다. (「핸드폰을 든 채로 죽으면 안 돼」)

번역기에 의하면, 늙은 몰티즈 볼보가 집을 나온 건 토니를 구출하기 위해서였다.

집. 고의. 탈출. 토니. 구하라. 생명. (「두 갈래로 나뉘는 길」)

김유림의 소설은 탐정으로 추정되는 인물이 이와 같이 무언가 불가해한 것을 번역하는 것으로부터 시작된다는 인상을 준다. '갱들'과 '볼보', '토니'와 '직사각형' 등에서 우리가 그것에 직접 대응하는 의미를 구하려 하면 할수록 이야기는 흩어지고 사라진다. 삶에 들이닥치는 개개의 해독 불가능한 이미지로부터 이해 가능한 상징적 의미를 구해내는 것이 "일반 시민"(「갱들의 어머니」)이라면, 김유림의 탐정들은 이 모호한 대상을 계속해서 단어로 되돌려 번역한다. 이런 식의 번역은 김창현인 '토니'가 "당신이 만나고자 했던 토니는 아니지만", "당신이 토니를 만난 것도 사실"(「두 갈래로 나뉘는 길」)로 만든다.

김유림의 번역은 이미 '언어처럼 구조화되어 있는' 사물들이 존재하는 바 그대로 우리에게 제시하는 방식에 가깝다. 이는 꿈의 숨겨진 내용에 접근하는 대신, 꿈-사고 자체에 주목하는 정신분석학적 절차와 유사하다. 실제로 "어떤 의미에서 분석의 대상이 되길 자처하고 있"(「핸드폰을 든 채로 죽으면 안 돼」)는 이들 탐정의 모습은 탐정과 정신분석가 간의 오랜 유비 관계를 떠올리게 한다. 직접적인 꿈-내용과 잠재적인 꿈-사고 간의 연결고리는 오로지 말장난, 즉 무의미한 의미화 작용일 뿐이다. 그러나 분석가에게는 무엇보다 꿈-작업의 일종으로서 이것의 이차 수정이, 다시 말해 피상적이나마 통일성을 부여할 '재번역' 과정이 요구된다. 김유림의 소설이 본격적으로 탐정의 이야기가 아닌, 탐정 이야기의 구조를 갖추는 지점 역시 여기이다.

하지만 한시가 급한 일일지도 몰랐다……. 조급

증이 났다. 무언가 놓치고 있는 게 있는 것만 같았다. 그게 뭘까?

(……)

집. 고의. 탈출. 토니. 구하라. 생명. 집. 고의. 탈출. 토니. 구하라. 생명. 나는 나도 모르게 이 여섯 개의 단어를 주문처럼 되뇌었다. 번역기에 의하면, 늙은 몰티즈 볼보가 집을 나온 건 토니를 구출하기 위해서였다. 분명했다. 그밖에 어떤 해석이 가능하단 말일까.

(……)

만약 안영에 가서 볼보의 과거 흔적을 찾아낸다면, 첫 번째 해석이 완전히 틀린 건 아닐 것이다. 첫 번째 해석이기만 해도 충분한 그런 세상, 그런 세상이라면 뭔가 방법이 있을지도 몰랐다. 뭔가 틀린 걸 발견해낼 방법이, 그렇게 해서 내가 내가 아닌 채로 살아갈 방법이 있을지도 모른다.

볼보는 다행히도 멀미를 하지 않았다.

"그래, 무언가를 놓친 게 틀림없어."

안영행 고속버스 안에서 나는 무언가를 놓친 것뿐이니 괜찮다고, 무언가를 찾아내기만 한다면 이 이야기의 결락을 메울 수 있을 것이라고 스스로를 위로했다.

나는 민과의 재회를 꿈꾸고 있었다. (「두 갈래로 나뉘는 길」)

"무언가 놓치고 있는 게 있는 것만 같"다는, 소설집 전반을 장악하는 이 "조급증"은 자꾸만 흩어지는 이야기를 하나의 '이야기'로 구성하도록 이끈다. "이야기의 결락을 메울 수 있을 것"이라는 믿음, 한 편의 근사한 이야기가 끝내 완성될 것이라는 믿음은 탐정들이 '이야기' 주변을 떠나지 못하는 주된 이유이다. 이는 앞서 언급한 김유림의 '문제'와도 관련된다. 김유림의 문제는 세계와 '나'의 모든 관계가 이 결락의 흔적이라는 데서 비롯되기 때문이다. 그에게 이 거대한 구멍은 '이야기'의 결락을 잘 메우기만 한다면, 현재로선 도대체 그 정체가 수상한 이들 화자가 소설을 끝내 완성하기만 한다면, 비유가 아니라 진실로 채워질 수 있는 것으로 여겨진다. '이야기'를 메우겠다는 결심은 '민'과의 재회를 꿈꾸는 일과 다르지 않은 것이다.

그런데 이들이 거짓 "탈모"처럼 무언가가 분실되었음을 강박적으로 상기하는 동안, 동시에 탐정의 자리에서 사건의 의미를 탐색하던 우리는 점차 '부재'라는 흔적 그 자체에 주목하게 된다. 『갱들의 어머니』에서는 '이야기'의 핵심 요소나 그것을 채울 특정한 내용이 사라진 것이 아니다. 부재하는 것은 '이야기' 자체인 것이다. 이는 『갱들의 어머니』라는 소설이 가능해지는 근본적인 이유가 문제의 그 '이야기'의 부재로부터 비롯된다는 진실로 우리를 이끈다. 세 소설은 모두 소설 속 내부 '이야기'의 성립 (불)가능성 때문에 발생하는데, 그것이 결코 시작되지도, 완성되지도 않는다는 바로 그 이유 때문에 그것을 결코 시작하지도, 완성하지도 않는 『갱들의 어머니』라는 소설(외부 이야기)이 가능해지는 것이다. 따라서 김유림의 소설에서는 이 내부의 진행 중인 혹은 진행되어야 할 '이야기'가 일종의 "미끼"이자, "결핍의 장소-보유자"*라고 말할 수 있다.

그러나 이것은 단순한 허상이 아니다. 이 우회적인 미끼는 '이야기'를 메울 수 있는 뭔가 중요한 결락이 있다고, 그것을 찾아 채우면 이야기는 비로소 시작될 수 있다고 믿게 만드는 바로 그 중요한 역할을 한다.

* Jacques-Alain Miller, 「Action de la structure」, 『Cahier pour l'Analyse 9』, Paris: Graphe, 1968, pp.96~97., 슬라보예 지젝, 김소연·유재희 옮김, 『삐딱하게 보기』, 시각과언어, 1995, 123쪽에서 재인용.

그에 따라 그것을 믿는 소설의 주변 인물들이 '이야기'에 대한 충고를 내어놓게 되는 것이다. 네가 소설을 쓰지 못하는 이유는 이런저런 것들 때문이라고, "O에 대해 많은 걸 말하지 말라고, 그래야 더 많은 걸 얘기할 수 있을 거라고" 말하는 O처럼. 그러나 아이러니하게도 바로 그런 말들을 배치하고 통과하는 것으로 장면을 펼치는 이, 그로 인해 소설을 실제로 진행시키고 있는 이는 바로 김유림의 주인공들이다. 이들은 진실이 '이야기의 없음'이라는 속임수의 영역 너머에 놓여 있는 것이 아님을, 진실은 의도 속에, 속임수의 상호주관적 기능 속에 있는 것*임을 알고 있는 '탐정'들인 것이다.

> 그는 중요한 건 녹음을 했다는 기억이지 녹음의 내용은 아니라고 말했다. 그럼 다시 듣기 위해 녹음하는 게 아니라는 건가? 너에게 중요한 건 이야기가 아니구나. 이야기가 존재하기만 하면 되는 거구나. (『그래서 나는 이야기를 시작했다』, 14쪽)

* 슬라보예 지젝, 앞의 책, 120쪽.

따라서 이들에게 중요한 건 이야기가 아니라 '이야기'라는 것이 끝없이 지연되는 형태로서 이들 사이에 존재한다는 사실 그 자체이다. 이는 '나'가 이야기를 쓰거나 쓰고 있다는 정황이 『갱들의 어머니』의 저 모든 황당한 전개를 소설로서 자연스러운 것으로 만든다는 사실에서 분명해진다. 이 자연스러움을 추동하는 '이야기'는 전체 이야기가 "내적으로 결여하는 것의 자리를 메우는 충전재"로 기능하며, 김유림의 장면들이 스스로를 구성하기 위해 억압하고, 배제하며, 억지로 밀어내야만 하는 것, 즉 결락 그 자체의 장소를 전체 안에서 유지한다.* 이 모든 것을 "글쓰기의 괴로움에 빗대어 우회적으로 전달"(「갱들의 어머니」)할 수밖에 없다는 '나'의 토로는 말 그대로 『갱들의 어머니』에 대한 자기 지시적인 설명인 것이다. 탐정 주변의 인물들이 '이야기'의 거짓된 외양을 폭로하고 이를 수정 및 삭제하고자 할 때, 탐정은 그 거짓을 계산에 넣음으로써, 반드시 그것을 경유하여 다른 진실에 도달하고자 한다.

* 슬라보예 지젝, 앞의 책, 112쪽.

3

이야기는 단순히 징검다리 같은 것. 이해 못 해? 징, 검, 다, 리, 이야기는 징검다리였을 거라고, 도달하기 위한. 시작이었을 것 같아. 시작을 수십 번 반복했겠지. (『그래서 나는 이야기를 시작했다』, 50쪽)

바로 저 "도달하기 위한. 시작"인 다른 진실로의 여정이 김유림의 참을 수 없는 문학적 문제이며, 『갱들의 어머니』는 그 진실을 소설적으로 다루는 것에 관한 이야기, 즉 "징검다리"이다. '이야기'의 결락은 메워지지 않을 것이며, 오히려 그 결락에 의해 여기 이곳의 이야기가 가능해진다는 사실. 말하자면 이 소설집은 '이야기'의 의미란, 오직 그것이 어떤 의미를 지니고 있다고 여기게 만드는 데 있을지도 모른다는 의구심의 한가운데로 우리를 데려간다. 그리고 바로 이 최종적 자리에서 김유림의 문학적 문제는 고전적인 탐정의 위치를 벗어난다.

고개를 들자 창밖엔 어둠이 가득했습니다. 어둠

이 내리고 변화가 찾아왔지만, 변화에 대한 저의 인식이 변화하는 탓에 이를 알아차리지 못한 겁니다.

저는 허망한 마음에 펜을 놓았습니다. 갈 곳 없는 영혼이 배회할 곳은 이제 종이밖에는 없는 겁니다.

제가 쉰 한숨에 O가 말을 멈추었습니다.

뭐야? 아직도 집이야?

저는 외투를 집어 들고 부리나케 뛰어나갔습니다. (「핸드폰을 든 채로 죽으면 안 돼」)

김유림의 탐정이 펜을 놓고 뛰쳐나갈 때, 김유림의 소설은 진정으로 "징검다리"가 된다. 이는 『갱들의 어머니』를 읽는 우리의 기대를 배반하는 것이기도 하다. 애초에 우리가 그의 소설을 탐정 이야기로 구성하며 기대한 것은 이 모든 사태에 대한 최종적인 재구성이기 때문이다. 말하자면, '진짜' 소설은 무엇이고 무엇이어야 하는가? '기영'과 '나' 중에 "갱들의 어머니"는 누구인가? 그러나 김유림의 탐정들은 실제로 무슨 일이 일어났던 것인지 서술하지 못한다. 이들은 여전히

"이 모든 게 사실인지 아닌지 모른다고, 그런 것도 모르면서, 그런 것도 모르기 때문에 이곳으로 돌아올 수 있었다고"(「두 갈래로 나뉘는 길」) 고백할 뿐이다. 이들이 하나의 '이야기'를 끝내 완성하지 못하는 것에는 글쓰기의 영원한 지속을 위한 '미완성'이라는 테마를 넘어선 무언가가 있다.

우리에게 무언가 돌이킬 수 없는 '결락', 구원할 수 없는 상실이 있다는 것. '우리'를 구성하는 "불확실함" 때문에 우리의 재회는 언제나 불가능한 것이다. 그럼에도 그런 "너를 잃는 건 세계 하나를 잃는 것과 같다"는 말은 사실이며, 그런 말이 "사실은 사실이더라도 그런 식으로 말해서는 과장밖에 안 된다"는 것 역시 분명하기에 우리 사이의 간극은 영영 메워지지 않는다. '나'는 언제나 「민을 잃어버림」의 상태인 것이다. 김유림의 '문제'는 이야기의 영원한 미완성을 통해 이 구제할 수 없는 상실과 우리를 끝내 대면시킨다.

『그래서 나는 이야기를 시작했다』의 화자가 이야기하듯, 그의 이야기와 우리의 이야기는 "이야기의 자취를 쫓는 행위"이며 그것만으로는 결코 "이야기가 끝나지 않는다"(36쪽)는 바로 그 사실을 가지고서 우리는 잃어버린 너와의 관계를 '불확실하게' 지속한다. 이야기란 언제까지나 우리의 '결락'에 "도달하기 위한. 시작"이며, 그 때문에 언제나 "징검다리"이다. 이야기의 최종 결과가 하나의 '이야기'가 아닌 그 거대한 결락을 지시할 때, 김유림의 '문제'는 이야기로서 다시 움직이기 시작한다.

수록 작품 발표 지면

갱들의 어머니

『문학과사회』 2022년 봄호

핸드폰을 든 채로 죽으면 안 돼

『자음과모음』 2023년 봄호

두 갈래로 나뉘는 길

미발표작

트리플 19

갱들의 어머니

초판 1쇄 인쇄일 2023년 6월 30일
초판 1쇄 발행일 2023년 7월 13일

지은이 · 김유림

펴낸이 · 정은영
편집 · 박진혜 전지영
디자인 · 박정은
마케팅 · 이언영 한정우 전강산
최문실 윤선애 이승훈
제작 · 홍동근
펴낸곳 · (주)자음과모음
출판등록 · 2001년 11월 28일
제2001-000259호
주소 · 경기도 파주시 회동길 325-20
전화 · 편집부 02) 324-2347
경영지원부 02) 325-6047
팩스 · 편집부 02) 324-2348
경영지원부 02) 2648-1311
이메일 · munhak@jamobook.com

ISBN 978-89-544-4936-6 (04810)
978-89-544-4632-7 (세트)